被消失的人。情。味

周淑屏

被消失的人・情・味
作者／周淑屏
策劃編輯／周淑屏
美術設計／陳詩韻
插圖／劉碧雲
出版發行／突破出版社
香港沙田亞公角山路33號突破青年村
電話：2632 0000　傳真：2632 0388
電郵：breakthrough@breakthrough.org.hk
網址：http://www.breakthrough.org.hk
http://www.btproduct.com
承印／陽光（彩美）印刷有限公司
2017年11月初版1刷
2024年7月初版9刷

Long Time Ago
by Chow Suk-ping
First Printing, First Edition, November 2017
Ninth Printing, First Edition, July 2024

Printed in Hong Kong
ISBN 978-988-8392-64-3

誠邀閣下就突破出版社的書籍發表意見

歡迎加入突破出版社 Facebook page — http://www.facebook.com/btbooks.page

本書採用環保油墨印刷

成長文學

目錄

第一部分

三代五人涼茶舖

銀菊露

爸爸就坐在那放涼茶的凍櫃前面發呆。

相比於那些店前有一個烏龜池，或者向街的櫃枱上有幾座如甕般大的涼茶陶壺，或者有一兩個金色的燉金錢龜大鼎的，我們家的涼茶舖實在簡陋。

我們的涼茶舖，向街那邊的石磚櫃枱上，右邊有三部水機，長方形的水機裏不停有飲料在裏面翻動，邊翻邊向上噴，在透明的長方形膠器皿中，路過的人會看到有淺灰色奶狀的火麻仁、深褐色像可樂顏色的五花茶，還有淺褐色像檸檬茶顏色的酸梅湯，就是這些流動的液體，不怎麼顯眼卻象徵着健康的顏色，把路過的人吸引進來。

櫃枱的左邊還有一部更大的圓形水機，裏面盛載的翠綠色液體，正是我們涼茶舖的鎮店之寶——冰涼甘蔗汁了。不是嗎？我們店外除了上面「百吉涼茶舖」的招牌外，左面寫上了「冰涼甘蔗汁」，右面寫上「杏仁豆腐花」，不就是讓這兩大鎮店之寶成為我們店子的左右護法的嗎？

有時候，為了省電，爸爸是不讓這些水機開着的，水機開着時，裏面盛着的液體會不斷流動，令飲料維持冰冷，一旦關了，飲料便沒那麼冰凍。可是，爸爸在客人少時，總是為了省電而關了它，人客多時才又開起來。

涼茶舖當然少不了廿四味苦茶，爸爸説那是每天賣得最多的，客人如果放下錢不説要什麼，他要的就一定是廿四味；或者他們會直接放下錢，摸摸櫃枱上放着的幾個斟了廿四味的玻璃杯杯身，認為哪杯溫度適合的，他們就逕自挪開杯蓋子來喝，完全是一種自助形式的生意，根本不用説一句話。

廿四味涼茶從來不會賣冰的，頂多只會賣暖的，所以廿四味不會放在透明塑膠水機中，我們只會把它放在深褐色的瓦藥煲裏，客人要最熱的，就從藥煲裏倒出來給他們；要較暖和的，那就要櫃枱上斟好的、一杯杯在透明玻璃杯中用膠蓋子蓋着的吧！這些涼茶擱了一會兒，會較和暖適合立即喝的，但這些涼茶也不會擱太久，總是客人喝了我們又換杯子再斟進熱的，讓它擱涼。

還有客人嫌藥煲中的太熱、擱着的又太涼嗎？那我們會把涼的加進熱的，務求令客人滿意，喝下去口腔最舒服為止，這種服務夠貼心了吧？

五花茶既有熱的，也有暖的斟好在玻璃杯裏的，但由於銷路不及廿四味涼茶，五花茶放在櫃枱上的杯子數目通常和廿四味是四六之比，盛了兩種茶的玻璃杯壁壘分明的放着，中間總會隔開一點，讓客人識別。

我們賣的涼茶種類並不多，只有簡單的四、五種，不像現在街上的涼茶舖中，什麼感冒茶、止咳茶、葛菜水、雞骨草也賣。爸爸是傳統、守規的生意人，他常嗤之以鼻的說：「我又不是中醫，賣這些茶幹什麼？喝壞人怎麼辦？不是有錢賺便什麼也做、什麼也賣的啊！」

我們的店子也有賣龜苓膏的，這已是爸爸很大的妥協，因為店子近幾年來經營困難，熱心的舊街坊們見其他涼茶舖都賣龜苓膏，而且賺到的利潤很高，所以力勸爸爸也賣。爸爸是眼見店子真的不能經營下去了，才有這種妥協。他就算賣龜苓膏，也堅持不向外面批發商拿現成的，他堅持要用真材實料自己做。要用真材實料自家做龜苓膏，買龜劏龜又洗又煮的工夫是多而辛苦的，二姐常埋怨近年常困擾媽媽的腰背痛就是這樣捱出來的。那又有什麼辦法呢？要賣龜苓膏，就要這樣辛苦；要做到爸爸的嚴格要求的龜苓膏，媽媽就得犧牲，這是媽媽自己願意的，我們也不便說什麼。

爸爸的固執性格，不只見於不肯賣有藥效的涼茶，更見於他堅持要賣蔗汁和杏仁豆腐花。

許多人都說我們賣的蔗汁偏甜，但爸爸堅持，他說他用的是上等甘蔗，從不欺客，甘蔗就是要有這種甜味，這是他師傅教落的，當然要擇善固執。

可是，現在流行飲品、食品要健康、少甜少糖，過甜的蔗汁會嚇走客人，特別是女性客人，我們苦勸，爸爸就是不聽。

還有杏仁豆腐花，外面都賣黃豆做的豆腐花，因為人們認為黃豆就代表健康，但是爸爸還是死心塌地的做大菜糕加杏仁汁加雲呢拿香油做的杏仁豆腐花，而且也是偏甜的。我們勸他轉向附近街市的豆腐舖拿現成的一桶桶豆腐花來賣吧，他就是不肯。又是一句「師傅教落」，他說這是在他跟了師傅三年後，師傅喝了酒一時高興才教他做的，他不能埋沒了師傅獨存的技藝。

不錯，現在還是有幾個街坊阿婆欣賞他用純正杏仁汁做的杏仁豆腐花，還有幾個街坊阿伯欣賞他用上等甘蔗榨的蔗汁，但懂欣賞的人恁地少，又怎足以維持一間店舖呢？

每次說到要改革這兩種「鎮店之寶」，爸就氣上心頭，他說：「就是這兩樣東西養大你們的，你們忘記了麼？在十多年前，你們還小的時候，這涼茶舖多『墟冚』啊！有多少人來邊聽收音機廣播邊喝涼茶聊天，又有多少人會在大熱天時走累了進來喝涼茶吹風扇，這小小的涼茶舖簡直就是都市中的驛站，是供人聊天、休憩的好地方！」

我們告訴他，現在已經有了各式茶餐廳、麥當勞、大家樂、大快活、鴻福堂、許留山了，聽到這一堆名字，爸爸更氣了，他總是把手中的抹枱布一扔，叫嚷：「可是，這兒花幾塊錢就可坐上老半天，不是更好嗎？」

唉，他不明白，花幾塊錢就可以坐上老半天，正是我們涼茶舖經營不善的原因，舖子我們只是租來的，幾塊錢喝杯涼茶就可以坐一個半個小時的待客方式，怎經得起商舖瘋狂加租的洗禮？

「你們忘記了嗎？十幾年前附近的南昌大戲院一散場，許多人就來這裏喝涼茶，這附近再開大戲院，人流暢旺了的話，我們店子的客人又會多起來的了。」

整天困在店子裏的他不明白，多少戲院也因為經營困難而倒閉，這裏又怎還會開大戲院呢？而且，如果這個區變得人流暢旺，許留山、健康工房、鴻福堂都會來，業主又會加租，我們怎招架得來？

爸爸總是不能理解這一切，他總是故作輕鬆的説：「哼哼，沒有了我們的涼茶舖，老街坊們都去哪裏歇腳？他們吃完午、晚飯都要來坐坐的。」

有時，他又會帶點欷歔的說：「師傅已經變成這樣，他的手藝不能失傳的，他教我的心思也不能白費了，這店子一定要守住！」

他口中所說的「師傅已經變成這樣」，是他的師傅趙伯已經因為中風而癱瘓。趙伯是爸爸二、三十年前的老闆，爸爸說是趙伯讓他不用在碼頭做苦力討生活的。三十年前，一個鄉里介紹爸爸到趙伯的涼茶舖工作，趙伯是好老闆，卻是嚴師，爸爸說那時的小學徒生活艱苦，趙伯也常很兇的罵他，但趙伯教曉了他很多做人的道理，還把做涼茶、蔗汁、杏仁豆腐花的手藝教給他。

爸爸說，這些手藝於現在沒什麼大不了，可是在當時涼茶舖還是很風光的時期，這幾樣都是涼茶舖最賺錢的活兒，趙伯肯教給他，是把他當成傳人看待了。

後來，趙伯中風癱瘓，涼茶舖傳給了兒子，他的兒子要整頓、改良涼茶舖，把爸爸辭退了，徬徨無計的爸爸想起趙伯常教他要自力更生，教他只要有一門手藝，到哪裏也不會餓死，於是，他在現在我們涼茶舖附近的街市開了個小茶檔，因為他和媽媽的辛勤，小茶檔生意好了，才擴張搬到這裏大展拳腳。

爸爸每次想起趙伯，就一臉欷歔、惘然，他常說：「這麼好的一個人，怎麼才五十多歲就中了風、癱瘓了？他不知還能不能捱到今時今日，讓我有機會見見他呢？」

＊　＊　＊　＊　＊

我想，我是能夠理解爸爸此刻的欷歔、落寞的，也明白他身影孤單的理由。這十多、二十年來，他無時無刻不在等待他時常掛在口邊的師傅——趙伯來看他，看他開的這家小涼茶舖、看他為了生活打拼的成果、看他時至今日還堅持賣着師傅教他做的甘蔗汁、杏仁豆腐花……

我時常懷疑，爸爸所堅持在甘蔗汁、杏仁豆腐花中保留的甜味，就是記念趙伯當年待他嚴如師、親如父的甜味，就是當時趙伯勉勵他要自力更生、艱苦打拼後才嘗到生活中的甘美、甜味。

可是，隨着涼茶舖要結業，趙伯永遠也不會看到這店子，也永遠不會嘗到爸爸親手做的甘蔗汁、杏仁豆腐花了。我也曾為爸爸四處打探趙伯的下落，當時涼茶舖的員工有說他過身了，也有說他闔家移了民，所以，爸爸再見他的心願一直不能達成。

爸爸坐在凍櫃前發呆的孤單身影，或多或少地説明了他那種不能再見故人的遺憾，還有讓妻子跟他辛苦打拼了半世紀，他們艱苦經營的涼茶舖還是逃不了關門的厄運的無奈，更有他因為這店子而沒時間帶三個女兒上街玩，因為這十年來店子經營不善，讓女兒不能穿好、住好，上最好的學校的愧疚。

爸爸此際的心情，必定是百感交集的，他既在緬懷昔日涼茶舖風光時，街坊滿座、收音機的聲音繚繞、天花板的吊扇涼風徐徐吹來的日子，也在憂心日後沒有了涼茶舖、沒有了工作的生活怎樣過。

他大半生也耽在涼茶舖裏，每天由早上七時工作到晚上十時，除了農曆新年那幾天才會放假不開店，沒了涼茶舖的日子，他可以怎樣過？

然而，素性硬朗的他不曾把這種無奈、憂慮説出來，他只邊用手摩挲着那些水機、瓦煲，邊説：「不知道將來租這舖子的人還會不會開涼茶舖呢？我們這些生財工具，他們還用得着嗎？」

爸爸不會明白，只賣涼茶、不兼賣其他的涼茶舖早已是夕陽行業，而他眷戀、愛惜的生財工具，已經又破又舊，是沒有人會眷顧、愛惜的了。

已經要走了，可是爸爸還是拿起抹布來抹凍櫃的裏裏外外，這是他二十多年來的慣性動作了。

「慧冰，你記得嗎？以前這凍櫃是用來放紅豆糕、馬豆糕、椰汁糕、馬蹄糕的，後來沒賣這些糕點了，這櫃用來放凍龜苓膏、杏仁豆腐花。你們三姊妹小時候就常常在桌子旁幫手切糕、用玻璃紙包糕點的，那時一家人夾手夾腳，雖然忙，但店子裏總充滿笑聲……」

我記得，那時涼茶舖裏真是充滿笑聲，爸爸媽媽從不罵人，從來都和和氣氣，我們三姊妹就算邊包糕點邊喧鬧，他們也不會罵我們。

「除了自己家的孩子，這附近街坊的孩子，也是我看着他們長大的，從小時候他們由爸爸媽媽帶來喝酸梅湯、吃馬豆糕，到現在有些都結婚生孩子了。來幫襯的都是老街坊，看着他們由年輕到年老，而我自己都老了……」

爸爸悵然看着店外，恍似看出去只看到過往，卻看不到將來。

要不是二姐和孩子們來了，爸爸對這店子的不捨之情還會延續下去。

「好了，好了，看看還有要拿的沒有，沒有的話，就關門大吉了，我們一家人喝茶去，好好慶祝一下。」二姐說。

「慶祝？店子關門，有什麼好慶祝的？」爸爸和二姐向來事事抱持不同意見、態度。

「慶祝以後媽媽不用病了仍要回來幫手囉！慶祝以後可以帶着丈夫孩子回你們家裏吃飯，不用只在店裏坐囉！慶祝這間令我們一家沒好日子過的店終於關了囉！」

「慧凝，你這是什麼話！沒有這店，怎麼養到你們三姊妹這麼大？」爸爸有點憤怒了，他感到二姐這是對這店的大不敬。

「爸爸，我們還是小孩子時，這涼茶舖的確風光過，令我們一家人得以豐衣足食，但在我上中學之後，這店的生意已大不如前。南昌戲院關了門，附近又開了麥當勞、大快活，連鎖快餐店、火鍋店也有酸梅湯、五花茶供應了。我們這種只賣涼茶的店怎麼生存下去？可是爸爸你從不想到要變通，也沒想到要關掉它。爸爸，公平點說，如果你和媽不是死守着這店不放手，把之前好景時賺的錢都蝕了的話，我們讀中學時就不用四出幫人補習，整個暑假也要去做暑期工了。如果不是這店後來一直虧本，我們不用上大學沒錢交學費。我讀大學申請政府貸款時，同學都說我爸爸是老闆，為什麼我還要借錢？我卻是有苦自己知。慧冰的情況也一定跟我一樣，只是她沒有告訴你而已。如果一早結束了店子，你和媽也許還可以剩點錢養老，不用慧冰一直為供養你們不敢出嫁……」

「二姐，不要再說下去了，我們該走了。」我向二姐說完，又轉過身去對爸爸說：「爸爸，不是這樣的，不是因為這原因……，我從沒有抱怨這店、抱怨你們……」

聽了二姐的話，爸爸氣得全身在顫抖，他不是不知道二姐一直對這店子和他不滿，只是氣她在店子關門、我們一家人要離開這店時，還說出這樣的話。

我不知道該怎樣從中調解，只對二姐說：「我們一直知道，這店是爸爸的命根……」

「我就是只懂煲涼茶、賣涼茶，你們讀中學的時候，我和你媽已經四十幾歲了，難道叫我去當看更、茶樓企堂，叫你媽去酒樓洗碗不成？守着這店，也只是期望它有生意好轉的一天啊！」爸爸為自己辯白。

「可只是一味守着，不改革不變通有什麼意思？當時還只有幾間涼茶舖賣龜苓膏的時候，我和大姐已經叫你賣，你卻等到滿街都有賣龜苓膏的舖子，你才肯賣。還有，我們為什麼不可以賣糖水、燒賣、魚蛋呢？別的店都是這樣捱下來、生存下來的，為什麼我們不做？為什麼老要賣那種過甜的蔗汁、杏仁豆腐花？還堅持要用入口的上等甘蔗，這些成本都比煲涼茶昂貴得多了，工夫又多，但賣的價錢卻和涼茶一樣！看着媽媽把那麼重的甘蔗搬出搬入，我們就心疼……。」二姐說時，雙眼有點濕潤，她似乎要趁這涼茶舖最後的一天盡吐十多年來的不滿。

一直在埋首收拾舊物的媽媽終於捺不住，跑過來，擋在二姐和爸爸中間，對二姐說：「這十多、二十年我也沒哼過一句半句，沒說過辛苦、沒有埋怨，你這些年輕人怎麼卻喜歡嘮嘮叨叨、諸多不滿？你不是說要和我的女婿駕車來幫我們搬東西，和我們上茶樓喝茶的嗎？你把我的丈夫、你的爸爸弄得鬱鬱不歡，我怎跟你去喝茶？」

聽了媽媽的話，二姐也彷彿知道理虧，低下頭不說話，爸爸也氣得說不出話來，氣氛一時間僵住了。

「有什麼東西可以先搬上車的？」卻是國恆進來說了這話，打破了僵局。

國恆不是二姐夫，而是和我們涼茶舖相鄰的中央飯店的少東主。我們兩家人相識十多年了，爸爸和國恆的爸爸愛為中央飯店或涼茶舖哪一間先在這兒立足的問題爭論不休。到今天，百吉涼茶舖要結業了，中央飯店仍是屹立不倒，最近還翻了新、裝修過來的。

「我的車就在外邊，除了二姐夫那一輛，我的那輛的車尾箱也可以放許多東西的。」國恆邊説邊提起媽媽包好了的瓶瓶罐罐向外走。

「媽，舊的東西拿回家沒處放，都丢掉了吧！」二姐看着媽媽收拾好的一大堆東西在嘀咕。

「舊的東西就一定不好，就要丢掉了嗎？」沒説話好一會兒的爸爸還是有點忿忿不平。

「不是舊的就一定不好，而是要改革，要改頭換面，死守着一成不變就是不好。像我家的阿二讀的小學，常自誇是什麼百年老校、是老牌名校，但百年老校又有什麼用？不改革不進步，早就被其他新名校趕過頭了，我過幾天還要為他安排轉校哩！爸，你看人家中央飯店，國恆的爸爸放手讓他去改革，現在不是搞得有聲有色，不是可以由舊時代過渡到新時代，逃過被淘汰的厄運嗎？」二姐向來嘴巴厲害，我們全家沒人能説得過她。

「舊事舊物要過渡到新時代，改革當然是免不了的，我們把傳統吃小菜的飯店改革，試過改成火鍋店、兼營韓國、日本菜也是不行，最後，發覺到原來由爺爺那一代自家烹調的老爺雞、茄汁蝦碌等招牌菜還是最受街坊歡迎的。我們把這些招牌菜發揚光大，堅持用最好的材料、一絲不茍的烹調工夫，加上適當的宣傳，又裝修得適合年輕人和一家大小的品味，改革了幾年，現在才總算站穩腳步，不至於被時代洪流沖走……」國恆娓娓道來。

「聽到了沒有？是要把舊物發揚光大，才站得穩陣腳。」爸爸像小孩子似的和二姐爭拗。

「但要加上新思維、新改革，配合宣傳才可以，不能抱殘守缺、一成不變。」二姐從不讓人。

「好了好了，説是舊事舊物不好嗎？我們和中央飯店的孫先生一家人的十多年感情就最好，像陳年舊酒一樣愈舊愈濃。現在國恆待我們一家這麼好，就是舊情、念舊的作用了，二妹，守這種舊的好處，你可要好好學一學哩！」

媽説着的時候，邊把二姐拉出店外邊看着我和國恆眯着眼笑。

＊　＊　＊　＊　＊

我們三姊妹都是在涼茶舖長大的，涼茶舖在深水埗大埔道東廬大廈的地下，這棟大廈一梯二十伙，佔地甚大，所以大廈的地下有個商場，我們的涼茶舖向大埔道大街，中央飯店卻退居商場裏。飯店不算大，但賣的老爺雞卻是遠近馳名，街坊最喜歡在這裏宴客，擺壽酒、滿月酒。

當時，有許多街坊是在附近的南昌戲院看完電影後，來我們的涼茶舖喝杯涼茶，歇一歇，再和家人到中央飯店吃飯的。

國恆家中有四兄弟姊妹，他排行第二，上面有一個姐姐，下面有一弟一妹，但他是長男，家裏的決策許多時落在他身上。他也很有哥哥風範，不止他的弟妹信靠他，我和二姐有時也會聽他的話，因為他的意見總是中肯，他的話總是中聽。

我們家的三姊妹，大姐比二姐大四年，而二姐只比我大兩年，所以我和二姐感情較好。

小時候，我們三姊妹一下課就必定回店裏幫手。我和二姐讀小學的時候，就是涼茶舖的全盛時期，店裏工作忙，又只請了個散工，所以我們三姐妹成了店裏的小童工。

大姐年紀較長，她可以拿刀，她多是負責切糕的工作。她把長方形鋅鐵盤裏的馬豆糕、椰汁糕倒出來，切成一塊一塊長方形的糕，我和二姐就負責把糕包上透明膠紙，那些透明膠紙上，還印上了我們涼茶舖的名字。那時候，這些糕點是附近小孩子最愛的飯後甜品，他們下課時也愛來買一兩件當零食，大人們也會在下班時買幾件回去給孩子做獎勵。

大姐再長大一點兒，還要幫手用大刀把甘蔗切成一段段，與其說是切，不如說是劈吧！那麼粗大的甘蔗，要劈開它可是很費力的，大姐做得這工夫多，所以年紀輕輕手臂就很粗，她說這是「日子有功」。

大姐切甘蔗的時候，我和二姐多是負責把擱涼了的杏仁豆腐花倒進碗裏，放進凍櫃，或者幫媽媽把涼果包成一小包一小包，供喝廿四味苦茶的客人「送口」。

對於把甘蔗榨汁的工作，爸媽是絕對不會讓我們三姊妹做的，媽媽說那榨汁的機器連這麼硬的甘蔗也能榨成汁，如果我們不小心把手放了進去，後果就不堪設想了。

爸媽為了防止我們貪玩去碰榨汁機，常用有人不小心把手伸進去，把手弄得碎掉的恐怖場面恫嚇我們，我聽得多了，曾經連續幾個晚上做到爸媽的手被榨汁機吞噬掉了的夢，常是嚇醒了哭着去找媽媽。媽媽後來對我說，他們是大人，榨汁機是不會吃大人的，所以他們不怕，我聽了才安心，不再做噩夢。

除了榨蔗汁機，爸媽也不會讓我們碰煲涼茶的茶煲，不讓我們碰火、碰熱東西，他們說一旦不小心讓熱涼茶燙傷了臉，我們這些女孩是會沒人要、嫁不出去的。

大姐和二姐聽了這些話，便再不敢碰火、碰熱涼茶，可是唯獨是我不怕嫁不出去，所以還是想去幫手倒涼茶，媽媽卻又想到方法來嚇唬我。她說萬一燙傷了臉，我會嚇壞街坊、嚇着小孩子，我們的涼茶舖就再沒人來幫襯。我聽了，為了不想做令店子沒生意的罪人，也只好乖乖聽話了。

我記得，在涼茶舖裏最開心、最讓人難忘、最令人臉紅的歲月，是在我和二姐剛升上中學的歲月。

那時，二姐讀中三，我讀中一。

當爸爸把那張寫上「隨地吐痰乞人憎，罰款二千有可能，傳染肺病由此起，衛生法例要遵行。」的告示牌抹得乾淨發亮，又在牆上掛上一個老人家豎起手指公，稱讚這裏的甘蔗汁味道香港第一的廣告牌（我常懷疑這個老人家的形象，來自爸爸記憶中的趙伯的面貌），看着佈置一新的涼茶舖躊躇滿志的時候，情竇初開的二姐，每次下課後總穿上最漂亮、最新款式的時裝坐在店裏最顯眼的位置，笑意盈盈的望向街外。

才十五歲的二姐最喜歡看愛情小説，她總愛在晚上拉着我聊小説的情節，令我雖然沒親自看過那些小説，卻對這些小説的情節倒背如流。

二姐一向不喜歡留在涼茶舖幫手，她在這裏幫手從來都是被迫的，但那陣子，她卻一下課就回來店子裏坐鎮，而且常是展開了燦爛笑容的看着店門口。

我觀察了她許久，才發現每次後面街汽車修理舖子的一個技工來幫襯時，她都會紅着臉上去招呼，那人走了之後，她就會魂遊大半天，不知道在想些什麼。

也許這就是少女情懷了吧？那位年輕修車技工來幫襯時，並沒有刻意逗二姐説話，二姐在媽媽面前也不便造次，於是，為這事納悶的她決定把她的暗戀情事向我和盤托出，而且用十本漫畫來引誘我為她做間諜。

我這間諜的工作倒簡單，只是到汽車修理店打探打探，看看有沒有女孩子去找那技師、他有沒有女朋友，還有偷看一下他店子裏的電話號碼，好讓二姐時常打去聽聽他的聲音，或者，有勇氣時可以打電話約會他。

我輕而易舉的賺到了那十本漫畫的獎賞，卻沒想到這間諜行為是有後遺症的。

某天假期我從涼茶舖回學校參加課外活動，走到街上轉角處，卻看到那修理汽車技師突然從街角處閃出來，嚇了我一大跳。他上前塞給我一封信，對我説：「這信是你剛才跌了的。」

「是我跌了的？沒有呀，你弄錯了，我……。」

我還沒説完，他就倏地跑掉了，我戰戰兢兢地打開信，沒看兩行，已知道那是他對我的表白，這種誤中副車的事件，叫我怎樣向二姐交代呢？

素來內向怕事的我，選擇逃避，我選擇在下課後繞道回家，儘量不路過那位技師會經過的地方。繞了許多天路，二姐沒發覺我有什麼不妥，國恆卻像察覺了什麼，某天下課回涼茶舖，我看見國恆在街角等我。

「為什麼你這陣子每天下課也繞遠路回來？」

「我……」我不懂回答。

「是有人滋擾你嗎？」

我搖頭，想否認，但他沒理會我的反應，自顧的說：「以後我在這裏等你，陪你回涼茶舖吧！」

不久之後，他由在街角等我一起走路回去，變成在我的學校門口等我下課。他讀的學校離我的學校不遠，他下課比我早十五分鐘，總是一下課就跑來，還為此推掉了許多課外活動。有時，我因為有課外活動、要做壁報，或者和同學聊天遲了走，都會在學校門口看到呆等着，或者拿了課本出來邊溫習邊等待的他。

他說：不想有其他人等我下課，不想我在路上遇上會滋擾我的人。

我向來視他為大哥哥，很聽他的話，他既然説要等我下課，我便從沒想到要拒絕，從沒想到有什麼不妥。

我從不是那種思想複雜的人，有一個人陪在我身邊讓我感受舒舒服服的，讓我感到一切可以交給他決定，我便心滿意足，不再想其他。所以，由中一那一年到現在，國恆始終陪伴在我身邊，我也感到自己是一個幸運的女子。

二姐的暗戀情事當然沒有下文，人說初戀都是失敗的嘛，二姐也順理成章地把那一次視作必然會失敗的初戀。後來她拍了幾次拖，終於嫁了給她的上司——我現在的二姐夫，還為他生了兩個孩子。

國恆在大學畢業之後，在外面工作了兩年，因為父親心臟病發作，他成了中央飯店的接班人，正式接掌飯店的改革工作。

這天我們打點好涼茶舖的一切，並且一齊在茶樓喝茶緬懷舊事，為這涼茶舖寫下了圓滿的句號。之後我們送了爸媽回家，我坐在國恆的車上，不知怎的，也有了爸爸那種想到從前不勝欷歔的感覺。

「國恆，為什麼百吉涼茶舖關門了，中央飯店卻留了下來，而且愈做愈好？是我們這些做女兒的不懂為父親打算，不努力為他改革涼茶舖，才令他們兩老在今天像失落了全世界嗎？」

「他們年紀不小了，退休休息一下是好事呀！難道要像我爸爸一般要捱出病來才退下去嗎？」國恆安慰。

「可是，我沒能把爸爸的心血承繼下來，發揚光大，像你。我為什麼沒想到為了他將涼茶舖徹底改革，到現在才為自己沒有付出努力而懊悔呢？」

「說真的，其實涼茶舖是可以經過徹底改革經營下去的，只是，你志不在此啊！你的志向是作育英才、教好你的學生。」

「你的志向也不是開飯店呀，你也肯為了伯伯的心血而犧牲，為什麼我不可以為了爸爸放下自己的事業呢？然而，話說回來，爸這麼固執，他是不可能讓我們改革涼茶舖的。」

「這只是你們想當然而已，沒嘗試過怎知道不可以呢？老人家知道下一代肯接手他們的生意，那是最大的欣慰，他們是會作出讓步的。重要的是我們要尊重、保留他們認為最重要、最該守住的東西。譬如，我爸引以自豪的老爺雞、茄汁蝦碌，這兩道菜，一定不可以在菜單上除掉，這就是尊重他。還有，飯店牆壁上掛着他的老朋友、老主顧的題字、送來的牌匾，這些標誌着舊情的東西，也不可毀掉。所以我在翻新、裝修飯店時，花了許多心思去讓新舊融合，這種苦心，爸是會瞭解、欣賞的。漸漸，我取得了他的信任，他知道我不會胡來，就放心放手讓我依自己的意思去改革、運作飯店了。」

我聽了國恆的話，連連點頭，他確有長子之風，不像我這小女子的退縮心態。

「那麼，即是說如果我保留涼茶舖的蔗汁、杏仁豆腐花，讓那幅阿伯豎起手指公的海報和那張『隨地吐痰乞人憎』的告示仍掛在牆上，爸爸就會放手、放心讓我去改革？」

「該會如此的。」國恆點頭附和。

「可惜，一切已經太遲了。」我感歎。

「惠冰，你在學校的工作這麼出色，世伯是不會讓你辭掉教師的工作去幫他經營涼茶舖的。算了吧！你們的業主再把舖子租出去一定會大幅加租的，經營一定十分困難。我看，你還是努力讓他們兩老的退休生活變得充實、愜意吧！」

我低頭不語，感覺像沒有好好保存爸爸交給我他認為最寶貴的花瓶，讓花瓶摔碎了，看着他痛心的樣子，我也心如刀割。

一切已不可挽回了嗎？是我令爸爸想讓師傅看到他的成就、堅持的渴望永遠落空？

「國恆，可以為我做一件事嗎？」

我從來沒向國恆請求什麼，這是頭一遭，希望他不會拒絕。

*　*　*　*　*

中央飯店的入口不在大街，而在一個小商場裏。門口的一邊被一座三層養着各種生猛海鮮的魚缸佔據住，另一邊就是收銀櫃枱。飯店的入口是狹窄的，僅容兩個不胖的客人肩並肩一起進入。

中央飯店用以招徠客人的並不在門面、裝修，而在有口皆碑的招牌菜、實惠的價錢以及和街坊間建立的深厚感情。至於它有什麼優惠、今天有什麼例湯、實惠套餐等信息，就要靠我們的涼茶舖借給他們的一點位置，讓他們賣賣廣告、敬告各街坊、熟客了。

因為我們百吉涼茶舖是向街的，而且門面大，我們常借店面一角給中央飯店貼紅紙、放宣傳板，這也是我們兩家店唇齒相依、感情要好的原因。

中央飯店的歷史不比百吉涼茶舖短，都已經是街坊眼中的一間老店了，可是，經過國恆的用心改革，它的菜式、裝修、服務態度也給人耳目一新的感受，所以，自他接手以來，生意比以前更好，傳媒的報道也令它增添了聲價。

今天的中央飯店可以用客似雲來形容，相比於拉上了鐵閘、停止了營業的百吉涼茶舖，怎不令人欷歔？然而，當百吉涼茶舖的老闆 —— 我的爸爸在中央飯店裏，看到席間客人賓主盡歡的場面，不但沒有欷歔、不快，反而眉開眼笑，這又是為了什麼？

爸爸站在飯店中的茶水櫃枱後面，翻看客人選飲品、甜品的單簿，邊翻邊笑着説：「看來，有不少客人喜歡在飯前飯後喝點蔗汁的，飯後喜歡吃杏仁豆腐花、椰汁糕、馬豆糕的大人、小孩也不少哩！」

他剛説完，看到旁邊的侍應忙於斟蔗汁、拿糕點，他馬上趨前去幫忙，此刻才站近櫃枱來的國恆對他説：

「對呀，只要蔗汁加點冰，令它不至於太甜，糕點用較健康的材料去做，顧及真材實料之餘，又標榜健康，這樣的話，就算是舊式糕點也會大受歡迎的！世伯，你做的糕點經過一番改良之後，真的受到小孩、女士的歡迎哩！」

「對呀，還是你說得對，要迎合現在香港人注重健康的潮流，才會受到顧客歡迎的，我現在正研究為有糖尿病、高血壓的老人家，和在節食中的女士製作的低糖糕點哩！時代在進步，我們也應該進步，才能避免被淘汰呀！」

想不到經過國恆的循循誘導，竟讓爸爸開了竅。

「想不到我這個『半邊兒子』倒把我的糕點、蔗汁給發揚光大了。」爸爸笑得合不攏嘴。

「國恆，怎的還叫世伯？該叫爸爸了吧！親家啊，想不到我們做了十多年街坊、隔鄰，現在還可以結成姻親哩！」國恆的爸爸站在旁邊取笑我們。

「那在國恆和慧冰的婚宴酒席上，也該用這杏仁豆腐花、椰汁馬豆糕來做『美點雙輝』了吧？」爸爸看着我和國恆說。

我被他們取笑，只得轉過頭，望出店外，假裝要去招呼人客。此際，門外有兩、三個中年人攙扶着一個看上去已有八十多歲的老人家進來。那老人家很有點臉熟，那是……，那是爸爸珍藏的廣告畫上豎起手指公的老人家！

「爸爸，你看看門口那邊，那位老人家像不像趙伯？」

爸爸聽了我的話，連忙望向門口，在兩位老人家視線接觸之際，爸爸淚盈於睫，趙伯老淚縱橫，這分開了十多年的師徒終於再有了相見之日。

原來趙伯被家人送到了外國醫治，癱瘓的情況已日漸改善，加上長居在外國空氣清新的寧靜環境，又有兒孫繞膝之樂，身體反而比從前更好了。移民外地已十多年的他這陣子回來香港探親，家人特地帶他來嘗嘗中央飯店馳名的老爺雞和茄汁蝦碌。

「想不到，我這次回香港，不但嘗到兒孫口中馳名的茄汁蝦碌，還可以喝到我的得意徒弟的甘蔗汁，吃到他親手做的杏仁豆腐花和馬豆糕，真是不枉此行了。」趙伯在飯席之後，老懷大慰的對爸爸說。

「只恐怕蔗汁和糕點少了甜味，師傅你要罵我的做法不夠正宗了。」爸爸面對着趙伯，還是有着徒弟對師傅的戰戰兢兢。

「這一改良就更好了，我有點高血壓，兒媳也不讓我吃太甜，而且現在人人都追求健康了，你這一改良，就更青出於藍了哩！在離開香港之前，我要多來嘗幾次啊！」趙伯笑着說。

「師傅你一定要在香港多留些日子，至少要留到下個月初，一定要喝了慧冰和國恆的喜酒才回去啊！」爸爸對趙伯說。

「一定一定，你的女兒、女婿，就像我的孫女兒、孫女婿一樣呢！久別重逢，我們也該有多點時間敍敍師徒之情了。倒是你們不嫌棄我這老人家常到你們的飯店打攪的話，我天天在這裏吃飯也是願意的。在外國呆的日子久了，真懷念這裏地道風味的家常菜。」

「那就一言為定了，婚宴之前，我這做徒弟的就帶你好好遊覽香港，看看香港的改變吧！」爸爸緊握着趙伯的手說。

看到爸爸這麼開心，我才放下心頭大石，對於他能夠好好適應沒有了百吉涼茶舖之後的退休生活，我變得充滿信心起來。

第一部分寫作建議

寫作題目一：

2016 年的香港中學文憑試寫作題目中，提到有人認為「傳統往往是創新的包袱」，請考生談談自己的看法。

在〈三代五人涼茶舖〉中，也有許多關於傳統與創新的衝突的描述，試認真探究，再加入一些資料蒐集寫作文章，說出你對「傳統往往是創新的包袱」這句話的見解。

寫作題目二：

在這故事中，國恆選擇放棄自己的工作，接手發展家族經營的飯店，慧冰卻因為沒有放棄自己的事業，為父親延續涼茶舖的命運而深感愧疚。

人生面臨許多抉擇，抉擇錯了，甚至會令人悔疚終生，試以「一次重大抉擇」為題寫作文章，記述你面臨一次抉擇的經歷與內心掙扎。

第二部分

遺留在大牌檔的雨傘

米
粉
麵

窗外又下雨，家偉看着飯桌上的雨傘在發愁。

婆婆已經去了十多天，她是在睡夢中去的，去得安樂安詳，她遺下的唯一未了心願，就只有這黑色不起眼的舊雨傘。

在去世前兩星期，婆婆好像預知自己要離開似的，平常不大外出的她，天天外出去找回那些舊街坊、舊朋友敘舊。

她去過從前打住家工時常去買東西的中環，常和其他「媽姐」們相約去買菜的灣仔，還有從前她和媽媽、舅父一家人住的深水埗區。那兩星期，她馬不停蹄地一個地區一個地區的去探訪、尋舊，然後，在去世前的一晚，她説她很累了，不會再去了。

那個晚上，她特別健談，對家偉和他媽媽談起從前的事，談了一整夜，直至大家都睏了、倦了，她對家偉説：「那天我經過一家大牌檔，剛巧下起大雨來，於是我躲進大牌檔去避雨，這雨傘是在大牌檔遇上的人借給我的，有機會的話，你一定要為我拿去還給人家，『得人恩果千年記，得人花戴萬年香』啊！受過人家恩惠，一定要還的……」

家偉沒有在意她説的話，他本來應該問她：

「你自己為什麼不去還？」或者：

「我不認識借雨傘給你的那個人，怎幫你去還？」

家偉後悔，如果早知道她第二天就去了，那時至少該問她：

「那大牌檔在什麼地方的？」或者：

「怎樣可以聯絡上那人？他有給你留電話號碼嗎？」

可是，因為婆婆説那些話時，他完全沒上心，所以，現在再看見這柄雨傘，想起婆婆的遺言時，只有徒添惆悵了。

他曾經心血來潮，上網找過有關大牌檔的資料，發現由於香港政府已不再發牌照給新經營者，在現有的大牌檔持牌人去世後，他的後人不能再續牌，那大牌檔就會逃不過消失的厄運，所以大牌檔於今天已是買少見少了。也許，有一天我們走在街上，再不能於大街小巷中看到那些饒有特色、風味的大牌檔了。

家偉翻查到原來現在全香港只剩下二十九家大牌檔，分別是分佈於中西區的有十家、灣仔有四家、深水埗有十四家及大澳僅存的一家。

雖然只剩下二十九家，但要逐家逐家去找一個不相識的人，還是很渺茫而且費勁的事，就在他想撇下這事不理的時候，他的媽媽卻來勸他。

「你就代婆婆把那把雨傘還給人家吧！這已是她老人家最後的心願了。」媽媽對家偉說。

「可是，香港這麼大，人這麼多，大牌檔也這麼多，連那人姓甚名誰也不知道，到哪裏去還？」家偉看着婆婆留下來的這把黑色舊雨傘，一臉徬徨。

「香港的大牌檔已經買少見少了，你趁有空的時候逐家去找找吧！」媽媽說。

「就算找到那家大牌檔，也未必遇得上那個借傘給婆婆的人呀！而且這黑傘那麼普通，又那麼舊，說不定它的主人也不想得回它。」

「也不一定啊！」家偉媽媽拿着雨傘在端詳，這傘的傘柄並不是鈎形、可作老人家拐杖用的那一種，而是直的傘柄，傘柄頂有一個透明水晶膠，水晶膠裏藏着一朵紅花。她一看而知，這柄雨傘該至少有二十年的歷史了，這種款式的雨傘，現在該已買不到。

「家偉，這柄雨傘不錯是很舊，而且舊到外面該已買不到，但就因為它已經這麼舊，又已保存了十多二十年，而且保存得這麼好，傘的主人一定很珍惜它。而雨傘的主人這麼珍惜這把雨傘，卻仍願意借給你的婆婆，可以知道借傘的人的情誼多可貴。家偉，你還記得嗎？婆婆常教導我們要『得人恩果千年記，得人花戴萬年香』，有人曾對我們好，我們千萬不要忘記，要好好珍惜這份情誼，好好報答。現在的人一定認為這句話已經不合時宜了，你看，連雨傘也像用完即棄似的，遺失了也一點不覺可惜，一點也不懂得珍惜物資。其實一把雨傘可以用很久的，從前的雨傘，是用上好的鐵材、上好的布做的，用壞了還會拿去修理，記得有間叫梁蘇記的雨傘店對顧客保證雨傘一生保用、包修。可是，現在的雨傘已變成左手來、右手去的物品了，正如我們對人說的話，甚至承諾，也是『左耳入，右耳出』了。然而，在你婆婆那年代並不是這樣教導我們的，在那個物資短缺、人與人之間卻情誼深厚的年代，人們互相幫助、互相依存，得到過別人的一點好處，哪怕只是一件舊衣服、幾朵小白蘭花，也會珍而重之，衣服穿破了還會打補丁，小花會放到香味盡去為止，還會將之變成乾花。也許，舊時代這一套在你們年輕的一代看來已不合時宜，但是，就當這是還你婆婆一個心願吧！」

家偉聽了媽媽的話，看着雨傘，點了點頭。

那個下午，家偉的媽媽和他坐在大廳裏，談起關於他的婆婆年輕時的故事。

＊ ＊ ＊ ＊ ＊

家偉的婆婆才二十七、八歲就守寡了，丈夫早逝，遺下三個子女，最大的才十歲。那時沒有了丈夫的女人生活艱難，於是同鄉就介紹她去給別人做「填房」，那就是嫁給死了妻子的男人，為他照顧妻子遺下的子女。

那個男人已經近五十歲了，還有一個十分難侍候的母親，家偉的婆婆內心掙扎了很久，但後來為了三個子女可以有安定的生活，還是應承了。

本來約好在灣仔皇后大道中的一家茶樓裏與那母子倆見面，但他們臨時改了地方，介紹人傳話説：

「那位老奶奶説明媒正娶個大家閨秀就該在大街大道的大茶樓裏見面，只是娶個『番頭嫁』的女人回來，就約在小巷中的大牌檔隨便見見面就行了。」

聽了這樣涼薄的話，家偉的婆婆歎了口氣，還是去了赴約，他們在灣仔大坑施弼街的炳記大牌檔見面，聽盡了老人家種種刁難的話，她還是忍氣吞聲，可是，當老人家説不許她的三個子女進家門，説會給她錢把子女在外面養的時候，她實在嚥不下這口氣，她肯再嫁，還不是為了三個孩子嗎？

她一聲不響的站了起來，就在大雨中離開了大牌檔，一個人走在雨中，但走不了幾步，後面有一把傘遮了上來，為她擋雨。

她回頭看去，那人既不是她的同鄉，也不是那老人家或她的兒子，而是一個陌生的女人。

「雨下得不小哩！就讓我倆共用一把雨傘，走走談談，你不會介意吧？」那位太太説。

「你……你是……」

「剛才在大牌檔，我一直坐在你們的鄰桌。我本是來這邊找人介紹女傭的，舊的那個染了重病，我家的孩子大大小小的，很等人用，但又要找到值得信任的人才放心。剛才我聽到你們的對話，你這麼着緊自己的孩子，該是個好媽媽，照顧別人的孩子該也不會有問題的。現在找工作不容易，你一個女人要帶大三個孩子可艱難了，如果你不嫌棄的話，就來我家打住家工，為我照顧孩子吧！如果你盡心盡力工作，我是不會待薄你的。」

家偉的婆婆看見那位太太氣度雍容、舉止高雅、説話真誠，被她的話打動了。

「只是，你來工作，你家的孩子有人照顧嗎？」那太太問。

「我最大的孩子已經十歲了，他可以照顧弟妹的，而且我的家姑也可以幫忙看顧他們。」家偉的婆婆説。

「那好吧！我也是別人的母親，而且是明白事理的人，孩子有事情、有病的話，我會讓你回去看他們的，我一定不會像剛才那位老太太一樣不近人情的。」

就是這樣，家偉的婆婆受僱於那戶人家打住家工，她也是靠那份工作養大自己的三個孩子的。

後來，僱主那家人做生意一時周轉不靈，連給下人出糧的錢也沒有，於是花王、司機和另一個女傭都走了，只有家偉的婆婆寧願沒薪金也留下來，還自己掏錢去買他們一家人的生活所需。不久之後，僱主渡過了難關，就把雙倍的錢還給她，而且待她如家人一般。直至之後他們一家移民外國，家偉的婆婆才離開他們回到自己的家裏。

對於僱主一家的情誼，家偉的婆婆從未忘記，她常說沒有了他們一家，她不可能這樣順利養大孩子；沒有他們給她這麼好的待遇，她的子女也許年紀小小就要做童工養家，沒可能完成學業，所以，她一直念念不忘這家人對她的恩惠。

故事說到這裏，家偉媽媽雙眼有點濕潤了。家偉知道她童年時的生活一定很艱難，他拍拍母親的肩膊安慰她說：「媽，放心吧，我一定不會忘記外婆的教導的。」

* * * * *

家偉尋找雨傘主人的第一站是中環美輪街的勝香園。到這大牌檔要由一條長長的石階拾級而下，然後，到了茶檔，家偉已有點氣喘。

這小小的鐵皮茶檔中，有四五張圓枱，其中有三張都已坐了人，家偉坐下來，故意把黑色雨傘放在枱上的當眼地方，看看是否有人認得它。

檔主是個約莫三、四十歲的女士，她來招呼家偉，家偉問她這裏有什麼好吃的，她説：「這裏的豬扒脆脆最有名，其實是豬扒包，豬扒蒜香濃郁，夾上番茄一齊吃，很惹味。還有番茄餐腸蛋麪，是用番茄湯來煮的，客人最愛吃。」

「那就要豬扒包吧！」家偉説。

「喝什麼？」

「有什麼介紹？」

「檸檬茶吧，也是這裏馳名的，檸檬會先用木棍椿好，特別出味。」

「那好吧，麻煩你。」

只消五分鐘，檸檬茶和豬扒包已拿來了，豬扒包果然香脆好味。正津津有味地吃着時，家偉留意到有一個拿着專業攝影機的男人在跑來跑去，還汗流浹背的在調校燈光，另外，有一個拿着錄音筆的短髮女孩在向女檔主發問，他們，該是報章或雜誌的記者吧？

家偉聽到那女記者和檔主有如下的對話：

「老闆娘，這勝香園大牌檔的歷史有多長？它的緣起是怎樣的？」女記者問。

「這大牌檔的持牌人叫麥鑽好，現在已經七十八歲了，是她在三十年前由別人手上把大牌檔頂回來做的。我是她的二女，由於我爸爸不大顧家，於是媽媽帶着我們幾個孩子在這裏開茶檔討生活，她是靠着經營這茶檔把我們五姊弟撫養成人的。因為我的大姐一早嫁了人，時常是我來茶檔幫手兼照顧弟妹的，現在媽媽年紀大了，就由我來接手經營。媽媽早上也會來幫忙，下午才回家煮飯，還有我的三弟和五弟也是在這裏全職幫手的，我的妹妹也會來兼職幫忙，可以說，是這茶檔養活我們一家的。」

女記者一邊錄音一邊抄寫，停下手之後，又問：

「可是，頂手之前的這大牌檔的歷史，你就不知道了嗎？」

「我們只顧謀生，哪會理會什麼茶檔歷史？倒是有許多自由行的遊客、年輕的客人常常問我有關大牌檔的起源、歷史的問題。你們做記者的見多識廣，而且，你們這期雜誌用大牌檔來做主題，一定有蒐集過有關大牌檔的歷史的，不如請你告訴我一點，讓我可以向顧客介紹吧！」

「這可以啊！」女記者翻開手中的文件夾，對女檔主說起大牌檔的起源和歷史來，坐在旁邊的家偉側耳傾聽。

「根據我們蒐集回來的資料，大牌檔起源於第二次世界大戰之後，那時在戰爭中港英政府有很多公務員因公殉職，政府為了照顧殉職公務員的家人的生計，便發出牌照讓他們經營食肆維生。後來香港的經濟起飛、百業興盛，政府因應市場需求，再發出一批大牌檔牌照，而家庭負擔大的市民可以獲得優先發給牌照。直至 1973 年，政府鑑於當時的大牌檔造成污染、噪音的問題，為了保護社區環境而停止發出大牌檔牌照。到了 1983 年，為了加快淘汰大牌檔，政府取消了牌照世襲的做法，規定在持牌人過世之後，只准許其配偶繼承牌照，同時亦推出自願交出牌照者可得特惠金的計劃。另一方面，當時的市政局亦在各區興建熟食中心，讓大牌檔遷入較衛生、設備較佳的環境中繼續經營。2005 年民園麪家的持牌人逝世，政府便收回其牌照，經營者想繼續經營只可以搬入商舖中營業了。因此，具有香港特色的平民食肆大牌檔將會被逐漸淘汰，以至於湮滅了。」

「這真可惜啊！」在座的幾位顧客聽了女記者的話，都流露出不捨的感情，歎息起來，這些人當中，當然包括家偉。

「若是他日母親百年歸老，我們也不得不放棄這大牌檔了，我們心裏當然是捨不得，但又有什麼辦法呢？這是時代發展的大勢所趨啊！」女檔主感歎。

「許多大牌檔的顧客、檔主也向政府提議保留這些具香港地道特色的大牌檔，認為保留大牌檔，既可以保存這些具有香港文化特色的東西，也可以當成吸引遊客的景點，但政府方面對此議而不決，所以至今大牌檔還是前途未卜。」女記者補充説。

「這位小姐，不介意的話，我倒想問問大牌檔這名字的來源是怎樣的？」家偉好奇地問女記者。

「哦，它的名字的來源是因為經營大牌檔的牌照比那時的小販牌照大，所以相比之下，這些牌照是『大牌』，這些食肆就稱為『大牌檔』了。大牌檔的牌照上顯示了持牌人的個人資料，持牌人還可以另外申請一張助手牌照給子女，方便他們在持牌人不在檔口時，可以代為處理各種事務。」女記者如實相告。

大家東拉西扯的談了一陣，兩位記者又開始工作了，他們在拍攝食客吃東西時的相片。

「這位先生，你不介意我們拍下你吃東西的照片吧？這些照片，會放在我們飲食雜誌的『大牌檔』專輯上的。」女記者問家偉。

「不介意的，你們拍吧！」家偉說。

「那麼，我可以問你一些問題嗎？」

「可以，隨便問吧！」

「請問，你是這裏的常客嗎？」

「不是啊，我是第一次來光顧的。」

「那麼，你是因為報章或朋友介紹，才慕名而來的嗎？」

「不，我專誠來這大牌檔，是為了這把雨傘的。」家偉說着，用手向桌上的雨傘一指。

「因為這把雨傘？這倒有趣，可以把這箇中原委告訴我嗎？」女記者問。

家偉將有關婆婆囑他代歸還雨傘的事告訴了女記者。

「這倒是一個有趣的訪尋遊戲，可是，這麼多大牌檔這麼多顧客，你找到這雨傘的物主的機會可渺茫了。」女記者說。

「我也知道是渺茫的，但為了達成婆婆的心願，只好盡力而為了。」家偉說。

「這樣吧，我們這兩天還會走訪中環的幾家大牌檔，你可以跟着我們去尋訪，這樣總比你不懂門路到處亂找好啊！」女記者提議。

「這也好啊，但我不會妨礙你們工作嗎？」家偉問。

「沒問題的，我們能夠相逢就是朋友了，我叫張倩雯，你呢？」倩雯對家偉伸出手來說。

「我叫嚴家偉。」家偉也伸出手來和倩雯握手。

那天，他們馬不停蹄地走訪了位於中環士丹利街的五家大牌檔——陳泗記、忠記、合記、盛記和裕興，他們的最後一站是伊利近街的玉葉甜品。

玉葉甜品以老式甜品陳皮紅豆沙、香草綠豆沙、海帶綠豆沙、杏仁芝蔴糊、椰汁西米露和糖不甩聞名。攝影記者在為各種甜品一一拍照之後，因為還要趕回雜誌社沖曬，便先走了。

「兩位今天走訪了這麼多大牌檔，就坐下吃點糖水吧，我請客啊！」玉葉甜品的女檔主對倩雯和家偉説。

在盛情難卻之下，倩雯要了一碗椰汁西米露，家偉要了一碗海帶綠豆沙。

女檔主為他們端來兩碗糖水，還送了他們一碟糖不甩。

「糖不甩是這裏的街坊至愛，糯米粉一定要用熱水來搓，才會軟糯有口感。吃時鋪上椰絲、花生碎和砂糖，保證香甜軟滑。」女檔主為他們介紹。

兩人吃着糖水和糖不甩時，竟下起雨來，雨水落在大牌檔的鐵皮頂上，響起淅淅瀝瀝的聲音，四月天的寒意未除，涼風吹來，令這大牌檔裏的人感到一絲蕭颯的氣氛。

「其實，我自己也有一個關於大牌檔和雨傘的故事。」吃着西米露的倩雯説。

「可以説來聽聽嗎？」家偉問。

「這可是帶點傷感的故事……」倩雯説着，已經陷入了回憶之中。

＊　＊　＊　＊　＊

每個人都有屬於自己的故事，這其中，有關於食肆的、食物的，甚至飲品的，倩雯的故事，是關於大牌檔的。

當時，她工作的雜誌社比較自由，員工下午喜歡在公司附近喝下午茶，透一透氣再回去衝刺、搏殺，而他那個部門的同事，是每天必定去喝下午茶的一羣。

她那部門的同事，誰都知道她暗戀他，所以紛紛為她獻計：

他高大英俊，她在公司內外也有許多強勁對手，所以要主動出擊、積極進取。

主動約會他的話，一開始就約他吃晚飯太着痕迹，早餐、午飯嗎？他那部門常要外出工作，通常下午三時後才回來，所以，要約他，最好由下午茶開始了。

聽取了同事的意見，她開始千方百計邀他一起喝下午茶，方法包括在下午茶時分常在他的部門前經過、掩掩映映，等待和他搭訕的機會，可是這做法徒勞無功。她又嘗試拿着杯麪在他的部門前經過，好在遇見他時，裝作自然的問他平時吃什麼下午茶、去哪裏吃下午茶。然而，每次遇見他，她不是因為太緊張開不了口，就是因為他工作太忙被同事拉了去，總是沒法成事。

還是某天下午時分，她為同事去買下午茶，兩手拿滿外賣，在公司樓下巧遇他，他請纓為她拿東西，兩人在電梯裏聊了起來，他們才有了第一次下午茶的約會。

她對這下午茶的約會是寄予厚望的，她認為這是她對他的暗戀變為明戀的一個轉捩點。

他們相約喝下午茶是在公司樓下的大牌檔，每天三點三時分，幾乎坐滿大牌檔的都是他們公司裏的同事，由高層到信差都有，而她只是小職員，她那部門到外面喝下午茶的風氣不太流行，她是冒了被上司罵的險去赴會的。

一起喝下午茶的，除了他，還有他那部門的同事，有點內向的她逼自己變得外向、不怕生，因為，能夠得到他的同事歡心，就有更大機會得到和同事們相處融洽的他的歡心。

她記得，第一次和他喝下午茶，他教她喝「茶走」。

「茶走」是奶茶不加淡奶和白糖，而是加進煉奶，這樣喝，奶茶會更滑、更香。她當然聽話，之後她去大牌檔喝下午茶也喝「茶走」，她認為這是他們感情的吉祥物，象徵他們有一致的口味、愛好。

然而，這段「茶走」戀情開始得並不順利，她只顧千方百計約會他，卻未打聽清楚他有沒有要好的女朋友。在一個令人肝腸寸斷的下雨天，吃完午飯，她在公司樓下，看見他和女朋友相偎在傘下，兩人十指緊扣，好不溫馨。兩人的外形十分合襯，羡煞旁人，她後來回公司仔細打聽，知道他們已經在排期結婚了。

她並不是擅長或者有能力搶別人男朋友的女孩，在打退堂鼓的當兒，她還逼自己要扮大方，繼續和他做朋友。

漸漸，他們真的成了好朋友，他待她如兄弟，某一次，當她被同事陷害，他仗義親自為她向上司解釋，每次她被同事欺負，他都會為她出頭。

所以，說是為友誼也好，說是報恩也好，她要假裝高高興興地去喝他的喜酒，待他的太太如姊妹，還要如常在空閒時和他喝下午茶。

然而，在公司樓下大牌檔喝的「茶走」，再不如以前般香滑，如今卻是充滿了苦澀味；那本來充滿盼望的下午茶時光，因為常聽他訴説新婚的幸福，已變成她受痛苦煎熬的時段了。

* * * * *

「可以做回朋友，也是一種緣分啊！不愉快的事，會漸漸被淡忘，最後，會積澱成醇酒一樣的純美回憶。」家偉這樣安慰倩雯。

這次在中環的訪尋徒勞無功之後，倩雯相約家偉下個星期天在灣仔見面。

「下星期，我們會走訪位於灣仔的幾家大牌檔，你還有興趣一起來嗎？」倩雯問。

「好啊！」家偉爽快的答。

「那麼，我們下星期日在大坑施弼街的炳記等吧！」

「大坑施弼街的炳記？」聽了倩雯的話，家偉怔怔的像在回憶起什麼，喃喃地問。

「有問題嗎？你不懂去嗎？……噢，炳記還是排到最尾吧，我們先去進教圍光明街的德如，這樣比較順路。」倩雯說。

「這……好吧！」家偉說。

＊　＊　＊　＊　＊

一個星期之後的星期天，倩雯和家偉還有另一位雜誌社的攝影師，在灣仔進教圍光明街的德如大牌檔見面。

這間大牌檔除了綠色的鐵皮檔外，經營者還在旁邊另外租了一個單位做茶餐廳，令到這食肆分成室內、室外的兩個部分。室外的鐵皮檔以售賣西多士、三文治、奶茶、咖啡為主，而室內有空調的茶餐廳則主要售賣碟頭飯與小炒。

「大牌檔遷進地舖內，有了空調，反而就失去大牌檔的特色風味了。」家偉說。

「這樣說來，你認為可以表現大牌檔特色風味的有哪些物事？」倩雯問他。

「例如牛角風扇、摺枱摺凳、綠色布篷這些吧！」家偉說。

「就讓我來為你介紹一下大牌檔的特色吧！」倩雯說，「大牌檔規定的大小是四呎乘七呎乘十呎，檔口的旁邊還有用鐵架搭成的爐灶。檔口裏面則有蒸櫃、材料架、調味架等。這鐵皮檔指定要用深綠色的鐵皮砌成的，因為這顏色耐髒，沾了油煙也不會太礙眼。從前的大牌檔都是用火水爐煮食的，因為火水爐的火力大、鑊氣好。你有留意過嗎？大牌檔多是用小竹籮來盛零錢的，客人結帳時，就拉下用粗繩縛住的竹籮，拿出錢來找贖，找贖完就又拉一下繩子，讓竹籮升回鐵皮檔頂。大牌檔的設備簡陋，多只用電燈泡照明、用牛角扇散熱，客人都坐在摺凳上，這些物事雖然簡陋，但到了如今，已一一成為大牌檔的特色了。」倩雯娓娓道來。

「想不到你是一個很專業的記者啊！」這兩次跟隨倩雯走訪大牌檔，令她在家偉心中留下了不錯的印象。

那天他們走訪了灣仔的德如、順興大牌檔，最後一站是大坑施弼街的炳記。

「炳記最著名的是加勒比海豬扒麪，走了半天大家也餓了吧？我們每人來一碗好嗎？」

於是，三人坐下來吃麪，倩雯發現家偉自從來了這大牌檔之後，顯得神不守舍、有點心事的樣子。倩雯想起上次約他來這裏的時候，聽到炳記這名字，他已經顯得怪怪的，現在他連吃豬扒麪也提不起勁，難道他在這大牌檔有些難忘回憶？還是他為仍找不到雨傘的主人而感到悶悶不樂？

倩雯故意叫攝影師先走，好讓她和家偉留下來好好傾談。

「是因為走了兩天也徒勞無功，找不到雨傘主人，令你悶悶不樂嗎？」

家偉直搖頭，說：「其實我也知道那是希望渺茫的。」

「那麼，是為什麼？是為了這裏炳記？是為了這裏的什麼令你觸景傷情？」倩雯關切的問。

「沒錯，在這大牌檔，的確有我和她的回憶。」家偉說。

「你和她的回憶？可以告訴我嗎？」

於是，家偉開始縷述他的故事。

＊＊＊＊＊

家偉喜歡越級挑戰，全公司裏十多個年輕女孩他也看不上眼，只是看得上比他大三、四年、職位比他高兩級的女上司。

她第一天來公司上班，他已經十分留意她。她是這行業的著名人事部之花，正是聞名不如見面，她比行內流傳的形容更標致幾分、更有吸引力一些。

由她上班的第一天開始，他時刻努力爭取和她有在工作上合作的機會、有一起出外午飯的機會。直至他和她真的有了多點接觸的機會，他發現她原來是他大學的師姐，兩個人有許多共同的經歷、喜好，他們有共同喜歡的電影演員、流行曲歌手、小説作家。

相處下來，他認為她和自己該是一對的，撇除她比他大那幾年，撇開她的職位、薪金都比他高，他相信經過一、兩年的努力，他一定可以拉近和她職位間的距離，兩人可以十分合襯的。

令他煩惱的是他自己不介意，並不代表她也不介意。某次下午兩人和同事一起出外午膳時，遇上了大雨，兩人共用一把雨傘的情景被同事看在眼裏，二人開展姊弟戀的傳聞傳得甚囂塵上，她漸漸避開他，直至傳言慢慢靜了下來，她才因為工作上的需要再度跟他接觸。

他知道要解除她的戒備、令她不再介意兩人中間的差距，要付出最大的努力與決心。她像是驚弓之鳥，像是一看到別的動物就逃跑的小兔，他只可以藉着工作接觸她，及借和她一起外出工作的機會，才可以約她吃晚飯、送她回家。一切，也要做得不着痕迹。

一年之後，因為有另一家公司向她挖角，他們不再是同事，想不到，這樣反而令他們的感情發展出現了曙光。不再在同一間公司工作，不用再害怕同事的閒言閒語，他和她反而可以更公開、更自由的交往。

他一直想知道，她是待他如普通朋友，還是有點特別的感覺？他盤算着要找一個最佳的表白機會，思量哪時是最佳的表白時間、哪處才是最佳的表白地點。

曾經，在一家中式食肆，他想向她表白，問她：

「你覺得我怎樣？」

但因為那食肆的燈光亮得耀眼，旁邊的人太多，他心虛的把話説成：

「我的意思是，你覺得我的工作表現怎樣？」

曾經，在一家充滿情調的餐廳，他認為氣氛最適合表白，可是，他們卻被安排在貼近揚聲器的座位，Live Band演出時的樂音，蓋過了他想向她表白的一切。

最後，他破釜沉舟，於一次和她在灣仔大坑的炳記大牌檔吃麪時，提起勇氣向她表白，可是，他剛想開口，卻下起大雨來，大牌檔篷到處漏水，兩人狼狽的移開凳子、挪開碗筷，這令他什麼也忘了説。然而，這次在大牌檔中、在大雨下擠在一起吃麪的情景，卻留給他溫馨、浪漫的回憶。

一次又一次的錯過了表白機會之後，他從她口中知道她最近接受了一個追求者，他知道自己沒辦法在那人手中搶回她。

難道，這是時也、命也、緣也、分也？做不成戀人的男女做回朋友，是痛苦的事，但她一直待他好，她做他上司的時候是最好、最體貼的上司，這讓他不忍心決絕地不再和她做朋友。

如今，兩人約會時，他常聽她説起和男朋友的感情問題，聽説那人對她不好的時候，他多麼後悔。假如那次在有 Live Band 演出的地方為她點唱一首情歌，或者那次在大牌檔吃東西遇上大雨、共撐一把雨傘離開時，他有勇氣牽着她的手，也許，他們之間的故事情節會全然改寫的。

＊ ＊ ＊ ＊ ＊

往後的兩、三個星期，家偉拿着那柄黑色雨傘，隨着倩雯走訪了深水埗區的十四家大牌檔，還是徒勞無功。

「深水埗這舊區是大牌檔最多的區域，我們已走訪了十三家，這一家祥興麪檔是最後的了。」倩雯說。

這個多月以來的相處，令她和家偉已經變得十分熟絡，對於家偉未能找到雨傘主人，她也感受到他的失望。

「沒辦法了，這趟尋找雨傘主人的行動，雖然沒為婆婆達成心願，但也讓我吃盡了許多大牌檔美食，讓我交上了你這個好朋友，總算是不枉此行，而且很有得着呀！」家偉說。

「這就好了，今天我們就在這祥興麪檔好好吃一碗麪吧！這麪檔最有名的是魚蛋麪、雲吞麪、牛腩麪和豉油王撈麪，我媽媽是這兒的熟客，所以一會她也會來這裏吃麪。」

在倩雯採訪完畢、攝影師拍完照片之後，他們就和家偉、麪檔主人麥婆婆的兩姑姪坐下來聊天，這時，倩雯的媽媽也來了，家偉拿開摺凳上的黑色雨傘讓倩雯的媽媽坐下。

「很少看見年輕人不下雨也帶雨傘的，也很少看見年輕人會用這種黑色的舊雨傘。」她說着，隨手拿起那柄雨傘來看。

「這柄雨傘頭的紅花，還有這水晶膠的膠面是刮花了的，這……這不是我的雨傘嗎？」

「你的雨傘？」家偉和倩雯聽了一起站起來，大感訝異的問。

「對啊，這雨傘已跟隨了我十多二十年，陪我度過許多晴天、雨天，我不會認錯的。前陣子我在中環美輪街的勝香園遇上自小帶大我的家傭英姐，我把這柄雨傘借了給她，如今，這雨傘又怎會落在這年輕人手上的呢？」倩雯的媽媽說。

「勝香園？那不是家偉尋找雨傘主人的第一站？」倩雯問。

「英姐？我婆婆的名字是鄧順英，英姐就是她嗎？」家偉問。

「對呀，英姐的名字是鄧順英，你……難道你是她的家人？」倩雯的媽媽問。

「不錯，我是她的外孫。」家偉答。

「那英姐呢？她沒有和你一起來嗎？」雯媽問。

「她……婆婆已經在上個月過世了。」家偉黯然說。

「啊，英姐已經過世了？她是怎樣去的？去得安詳嗎？」雯媽驚問。

「她是在睡夢中去世的，總算安詳沒痛苦。」家偉答。

「那也算是她積下來的福了。」雯媽邊拭淚邊說。

「媽媽你們家裏從前是大家族、有許多家傭的嗎？怎麼從前沒聽你提起過？」為了不讓母親太傷心，倩雯故意轉移話題。

「我們家不算是大家族，只是父母忙於做生意，所以僱了傭人來照顧我們，英姐是自小帶大我們幾兄弟姊妹的，我們待她就如家人一樣。」雯媽說，「英姐初來我們家的時候，是一個才三、四十歲的中年女子……」

雯媽看着遠方，思憶起年輕時的舊事來。

「媽媽，說給我們聽吧！我想聽聽關於你的童年故事。」倩雯說。

「我也想聽聽婆婆年輕時的故事。」家偉說。

「那好吧，從前的事，我已經很久沒跟人說起了。」雯媽說。

＊　＊　＊　＊　＊

雯媽坐在大牌檔的牛角扇旁邊，對女兒倩雯和家偉縷述如煙的往事。

「當時我們家有兩個傭人，一個是負責洗衣、煮飯的八姐，一個是負責照顧小孩的英姐，我們家的四兄妹，都是英姐一手帶大的。

那時的傭人不比現在的菲傭，因為討生活艱難、找工作不易，他們都對僱主十分忠誠、敬畏。那時候，能夠有一份住家工打，已經很不錯了。英姐對我們一家忠心耿耿，我們也視她如家人。女傭都十分敬業樂業，常是一身打扮整齊的白衫黑褲，頭上還束着一條長長的、烏溜溜的辮子。當時人稱這些傭人為『媽姐』，大戶人家都有幾個這樣穿着的『媽姐』傭人，那是十分體面的。

英姐視我們幾兄妹如同己出，她為了生活，放下自己的子女來照顧我們，她説我們就和她的子女年紀差不多，想念他們時，她就對自己説看見我們就如見到他們了。

雖然我年少時大哥已經讀中學，但英姐要照顧我們四兄妹還是一點也不容易。因為我排行最小，那時數我最黏她。無論她工作、外出，我都會拉着她的衣角，在她的腳邊打轉。

她去街市不方便帶着我的時候，就會把我放在大牌檔吃紅豆沙或者白粥、豬腸粉，自己匆匆忙忙的去買菜，買完了再回來帶我。

那時的大牌檔跟現在的有點不同，當然是比現在的更簡陋了。當時的大牌檔還有一種特色，是現在所沒有的，它向街的那邊會放些長木板凳，幫襯的人可以坐在木凳上就着爐邊吃東西。小孩子坐上去不夠高，就會再疊一張小凳，那時稱做『凳仔』，一張小凳不夠就疊夠兩張。我當時就是被英姐放到疊上兩張的小凳上坐着，讓我雙腳不着地，自己下不來，就不會到處亂跑，讓她可以安心去買菜。

我就是這樣跟在英姐的腳邊長大的。爸爸媽媽總是由早忙到晚，不是忙做生意就是忙應酬，通常在家裏就只有英姐陪着我。那時爸媽管得嚴，不准我上街、不准我交朋友，家裏又只有三個哥哥，有心事的時候，就只能跟英姐説了。所以，英姐不只是我的傭人，還是半個媽媽和最瞭解我的人。

十七歲那一年，我和一個男同學偷偷的交往，被媽媽發現了，她氣得三個月不准我上街，除了上學就不讓我外出，由家裏司機和英姐輪流看管我。我和他最後一次見面，還是英姐冒了被媽媽知道會把她辭退的危險，讓我可以好好和他説分手。就像童年時一樣，英姐把我留在大牌檔，自己去買菜，她沒擔心我會跟了那男孩私奔，會害了她、連累她，因為她知道我記得她由我小時候一直教導我的那句話：『得人恩果千年記，得人花戴萬年香。』我家對英姐有恩，英姐也對我有恩，所以我絕不會辜負她。」

有關英姐和大牌檔的故事，雯媽就說到這裏了。在她說到英姐常教她的那句話：「得人恩果千年記，得人花戴萬年香」時，有兩個人也跟着她唸。家偉記得那是婆婆常掛在口邊的話。

此際，祥興麪檔的檔主麥婆婆也隨口唸着這話，她說：「這句話，是從前那個時代的父母最常用來教孩子的，我當人家女兒時也聽過，後來，我也是用這話來教導後輩的。」

她的侄兒——現在祥興麪檔的話事人麥先生聽了老姑母的話，在旁加上這一句：

「對啊，這也是姑母自小教導我們的話，我至今也未敢忘記。各位有興趣聽聽關於我姑母和這大牌檔的故事嗎？」

在座的眾人當然贊成，於是關於祥興大牌檔的故事由是展開。

＊　＊　＊　＊　＊

祥興麪檔的持牌人麥婆婆已經九十三歲了，雖然她的年紀這麼大，但看上去還是精神奕奕的。她就住在距離祥興麪檔一個地鐵站距離的白田邨，她每天都從家裏走路來麪檔坐坐，和老街坊們聊天。遇上人客多時，她也會幫手招呼人客、落單或者洗碗，她每天的午餐、下午茶，也是吃這裏的雲吞麪、魚蛋粉，十年如一日。

麥婆婆年輕時沒結婚，把全副精神放在照顧父母、弟妹上，後來弟妹都結了婚，她才想到自己的終身大事。她最疼錫的弟弟才二十多歲就結了婚、生了四個子女，卻不幸地妻子過早逝世，他一個男子帶着四個小孩，又失了業，生活徬徨無計。

麥婆婆為了弟弟和他的子女，甘心犧牲自己的幸福，放下自己的終身大事，堅決和弟弟分擔照顧孩子的責任。她當時聽說生活困苦、家庭負擔大的人，可以向政府申請牌照經營大牌檔，於是，就和弟弟去申請，希望藉經營大牌檔來維生，也可以讓孩子留在大牌檔方便照顧。不久，牌照發下來，他們便開始經營大牌檔賣粉麪，一做就是五十年了。

二十多年前，麥婆婆的弟弟也病逝了，她就獨力支撐下去，靠兩、三個員工幫忙，賺錢為侄兒供書教學。

當時七十多歲的麥婆婆患上了白內障，視力不好、記憶力也不好，經營這大牌檔會有點吃力，大侄兒和三侄兒看見她這樣辛苦，就辭掉自己的工作，回來幫她打理這大牌檔。

麥婆婆的大侄兒麥先生說：

「早知道打理大牌檔工作時間長，操勞又辛苦，我們本來的工作也做得不錯的，可是見到姑母她老人家這麼辛勞，而這麪檔又是她和爸爸的心血，於是就辭了工回來幫手。

這大牌檔是養活我們一家的依賴，我們幾個也是在這裏長大的，所以對它很有感情，最重要的是幫了它就等於幫姑母。姑母犧牲自己的幸福，為我們一家勞苦了大半生，難道我們就不能為她做一點事嗎？

姑母本來可以不理會我們，自己嫁人去組織家庭的，但她沒有這樣做，她以我們一家人的幸福為自己的幸福，所以我們一定要報答她。其實，我們幾個已把姑母當成了媽媽，可以說，我們的媽媽是她，爸爸也是她，每年父親節、母親節，我們也會和她慶祝。她每天回來祥興坐坐、和老街坊們聊天就開心，我們看見她開心便更開心，覺得一切付出、勞累也是有價值的。

其實，這附近這麼多連鎖快餐店、小食店，但街坊還是愛來幫襯我們，有些老街坊搬到了別區，也老遠的回來幫襯我們。一碗麪再好吃，也不會吸引他們乘幾程車來吃的，他們想回味的，只是那老街坊之間的感情和人情味而已！」

麥婆婆聽完侄兒的話，捧來一碗魚蛋粉放到客人面前，說：「我們的湯底是用左口魚、豬骨、蝦殼熬成的，湯底很甜很滋味；還有我們秘製的、花許多時間、心思煮的牛腩，從對面街的八仙餅店也嗅到柱侯醬的香味。老街坊支持我們、待我們好，我們就用好材料、好味道、好心思來回報他們。人就是這樣，你對我好，我對你好，千萬不要忘恩負義、以怨報德就好了。」

聽了麥婆婆和侄兒的話，座上的客人也感到在魚湯香味和柱侯醬香味中，也夾雜了濃濃的人情味，還有那「得人花戴萬年香」的花香味。

「始終，還是人與人之間的那種人情味最令人難忘啊！那種人情味，也正是大牌檔吸引客人的味道。」麥先生說。

「可惜，當時我還和英姐在這裏暢談敘舊，現在她已經不在了，當時，她還跟我談起她的外孫和我的女兒年紀相若，大家也還是單身，有機會讓他們認識、交往就好了，這樣，我們上一代的情誼就可以延續下去了。想不到，輾輾轉轉，你們還是有緣因為這把雨傘而認識。」

雯媽説時，看着倩雯和家偉笑。

「他們兩個這麼登對，我相信你們上一代的情誼是可以延續下去的。」麥先生也笑起來。

家偉和倩雯尷尬對望，倩雯含羞地笑。

第二部分寫作建議

寫作題目一：

2015 年的香港中學文憑試以「沒有手提電話的一天」為題寫作。電力、電話、電腦也是日常生活必須的，沒有了它們，會引起很大的不便。在〈遺留在大牌檔的雨傘〉的故事中，多次提及雨傘，試以「沒有帶雨傘的雨中經歷」為題寫作文章，寫出你在箇中的經歷和感受。

寫作題目二：

家偉的婆婆臨終前叮囑他為她歸還雨傘，未能完成婆婆的遺願，一度成了家偉不解的心結。你又曾經有過什麼心結呢？2017 年的香港中學文憑試寫作題目中，有一題要求用「自此之後，我終於解開了心結。」為全篇文章的結尾一句寫作文章，請嘗試寫作此文。

第三部分

當舖裏的心理治療

同德押
同德押
同德押
同德押
同德大押
同德押
同德押
同德押
同德押

上半部：

當舖很少有女掌櫃的，關姑娘可說是少數中的少數。

說她是少數中的少數，是她除了是一個當舖的女掌櫃之外，還是半個社工、心理治療師。

男人進當舖的，多是為了賭錢，關姑娘會趁着驗貨、寫當票的空檔，向他們痛陳賭博之害，她會說：

「賭博真是害人不淺的，不但會將血汗錢付諸流水，還會令自己『斷六親』，到時欠了一屁股債，家人又不認你就淒涼了！我死了多年的丈夫阿生就是這樣，本來當的士司機養活家人，生活雖不富裕但也樂也融融，後來他跟行家去賭博，上了癮，泥足深陷，我們勸他多少次也沒用，終於絕望不理他了。最後，他走上了絕路，把的士泊在郊外燒炭自殺，我們發現已經太遲。哎，所以我才這樣苦口婆心的勸戒你，你可別嫌關姑娘嘮叨呀！」

遇上女子苦着臉來典當，關姑娘也會多問幾句：

「是為了丈夫還賭債嗎？」

「他欠了貴利的錢？」

「他有打你嗎？有沒有打孩子？」

「你有什麼打算沒有？」

「看你是剛從內地來港不久的吧？」

她知道許多從內地來港不久的女子，被丈夫虐待也求助無門，於是，她會聽她們訴苦，告訴她們可以到哪裏求助。

「常常被他打，光是忍耐也無濟於事呀！為了孩子着想，可以去社會福利署求助的，也可以要求把你們安排到收容中心暫住的。

「我常去做義工的『單親協會』就在這附近的東頭邨，你可以去尋求協助的，那是單親人士的互助組織，該對你有幫助的。你想找人為你夫婦倆調解、提供婚姻輔導也好，想諮詢離婚的法律問題也可以，總有出路，總有解決辦法的，不要絕望，也千萬別幹傻事呀！我也是單親帶大兩個孩子的，我可以，你也可以呀！」

所以，有許多街坊不是為了典當東西也會來找關姑娘，她就像是一個社會工作者、心理治療師，她的當舖，就是她的心理治療室、社工會見室。

關姑娘常常將她自己的經歷、經驗與人分享：

「我從前一樣是常常被丈夫打的，他輸了錢、喝醉了酒也會打我、拿我來出氣。那時因為孩子還小，我又沒能力自力更生，所以只得忍氣吞聲。那時的我，真的一點自尊心、自信心也沒有，被他整天辱罵、羞辱，這些醜事，要是讓街坊都知道了，怎還有面目見人、有面目向他們訴苦？當時真以為自己一點用也沒有，是個廢人，是個不值得尊重、沒有生存價值的人。後來，在電視上看到關於虐待配偶的節目，知道再忍耐下去也不是辦法，為了孩子的將來，還是該去求助的，於是，我就去了和白田邨一邨之隔的大坑東邨的單親協會去看看。

「那個會是為單親人士提供協助的，宗旨是『自強自助再助人』，和他們談了幾次話，我知道自己也要自強自助的。從前，我不敢出街、不想見人，也不敢和人説話，連在街市買菜也不敢多説半句話。於是，我決定由街市開始訓練自己的膽量、重新建立自己的自信心。

「我由連去買肉買菜時説要買什麼也不敢，逐漸的逼自己和檔主打招呼、逼自己説話大聲點，最後，還逼自己和他們講價。別以為這是很容易的事，對那時的我來說，委實是個大挑戰哩！

「練好膽量之後，我知道要多充實自己才能培養自信，於是，只有小學程度的我就跑去讀夜校，由中一讀起，決心有朝一日要報考會考。我又跟女兒學英文，跟兒子學電腦，讓自己學習一點謀生技能。

「我知道一定要找到工作做才能自立、自力更生，家務助理、超級市場收銀員、七十一的店務員我也做過。有了工作之後，我決心要離開丈夫，這是極困難的事。他一直死纏我們，讓我和子女家無寧日，後來他被放貴利公司的人追討緊了，不知躲到哪裏去，幾年之後，他更因為欠債結束了自己的生命。

「他走了之後，我和子女像重獲新生，不再活在他和貴利公司的陰影之下，我決心要找一份長工，找一份固定的工作。可是我學歷不高、工作經驗不多，又沒有人事關係，怎找得到長工呢？我想到每天經過白田邨下面的偉智街有一間當舖，茶餐廳、超級市場、便利店一定常有許多人去求職，可是，當舖該沒人去求職的吧！於是，我挑戰自己，走進去求職。起初是被拒絕的，但多去了幾次我又提議不收人工試工一個月，當舖老闆終於肯聘用我做打掃、煮飯的工作。當舖通常只聘用熟人，或者熟人介紹的人，他們肯聘用我，多少也因為同情我的遭遇、欣賞我的毅力……

「我在這當舖一做就是十年，當舖老闆和老闆娘也把我當作家人看待。本來他們的子女不肯接手經營這店舖，他們已打算把它結束了的，可是後來他們見我幫得手，人也老實可靠，竟升了我做當舖的掌櫃，讓我打理當舖的業務。當舖是很少有女掌櫃的，我可以升到女掌櫃的位置，是我的幸運也因為我的努力。我終於做到『自強自助再助人』了。把我的經驗告訴你們，是希望你們千萬不要小看自己，你們一樣可以像我一樣自強自立的，改天我帶你們去單親協會參加活動吧！」

就是這樣，關姑娘工作的當舖每天有各色人等出入，有些不是來典當東西，卻是來找她攀談、輔導的，有些本來是來典當東西的，卻和她攀談起來，接受了她的輔導。

今天，當舖裏也不冷清，來的是關姑娘的女兒美如和她的兩個同學淑清和碧珊。

「媽媽，我們正在為大學的論文煩惱，淑清提議做關於香港的地道特色如涼茶舖、大牌檔、當舖等的研究，我告訴她們你是在當舖裏工作的，她們不相信，硬要我帶他們來見見你。」美如說。

「伯母，你在當舖裏做掌櫃很威風啊！沒聽過『二叔公』也有女人做的，我實在佩服。」淑清說。

「連『二叔公』這名稱你也知道？我還以為你們這些後生女不會對當舖這些老掉牙的物事感興趣的。」關姑娘笑着說。

「伯母，我可是有備而來的，一心要用當舖的標題寫論文。我蒐集過許多資料的，說給你聽請你指教指教吧！當舖原本分為『當』、『按』、『押』三種的，三者之中以『當』的資金最雄厚及規模最大。這門古老的行業，在香港已有近二百年歷史了。每逢人們遇上財務困難，急需金錢渡過難關，就會拿家裏值錢的東西，向當舖的『二叔公』求助，而所謂『二叔公』就是當舖的掌櫃了。」

「淑清，你倒有研究啊！可是，我既不是學者，也不是這一行的老行尊，所以，有關當舖的歷史我反而不及你清楚，我只約略知道一點當舖的體制、行規與職員的架構。」關姑娘說。

「那就請伯母說說當舖有哪些職員、等級是怎樣的吧！我們很有興趣知道啊！」碧珊說。

「哦，是這樣的，我們做當舖的，最初入行一定是做後生或伙頭的職位的。伙頭就是煮兩餐給大家吃的啦，我進這當舖時就是當伙頭的，而後生就是負責一般雜務的。如果做這兩項工作的員工做事盡責，得到老闆信任，就可以升做摺貨。摺貨這職位也有三層，分別是摺貨頭、摺貨和摺貨三，就是負責把客人拿來典當的物品好好包裹存放的工作。摺貨頭再上面是寫票，就是寫當票的囉！寫當票也有一定的學問，是繼承北方傳統的方法甚至字體的。寫票之上就是掌櫃，大當舖也分為上櫃和幫櫃的。我就是這當舖的掌櫃了，掌櫃之上還有司理，就是大老闆了。因為香港的典當業已不及從前興盛，像我們這種小當舖，當然沒有這麼多架構、職員，這裏除了老闆之外，就只有我一個掌櫃，寫票也是我，有時還要做摺貨的工作，另外有一個員工是兼任伙頭、後生和摺貨的。店子小嘛，每個人都是身兼多職的。」關姑娘說。

「伯母，客人多數拿什麼東西來典當？曾經有過客人拿些奇怪的東西來當嗎？」碧珊問。

「現在客人拿來典當的東西多是金器、首飾之類，甚至手提電話、手提電腦也有。從前物資較短缺，有許多拿衣服、電器、棉被來當的。」關姑娘説。

「棉被也拿來當？」美如好奇問。

「棉被在舊日的時代是貴重的東西，以前做一張棉被要很長時間、很多工夫的，所以價錢很貴。窮家的人往往是夏天的時候便拿棉被去當、冬天才贖回來的。你們可不知道，來當舖典當的人，除了窮人還有有錢人的。因為當舖把客人的物件保存得好，所以會有富有的人拿些貴重物品、皮草等來典當，其實是拿到當舖來貯存的。你們問我客人會拿些什麼稀奇古怪的東西來典當吧？我聽説過，從前是有人拿小孩子到當舖典當的。」關姑娘説。

「拿孩子去當？那些父母真沒人性！」碧珊驚訝。

「這倒不是因為父母要錢用，才拿孩子去當的。從前的人很迷信，如果生出來的孩子體弱多病，他們恐怕孩子養不大，就會把他們押給當舖，因為他們認為當舖是穩健可靠的象徵，孩子押給當舖，就有了保障。當舖當然也不會真的接收孩子，掌櫃們只會象徵式的為他們開一張當票，然後給孩子一封裏面寫有『長命富貴』的紙條的紅封包，圖個好意頭，就會讓孩子隨父母回家的了。」關姑娘娓娓道來。

「伯母，當舖門後的這塊大屏風是有什麼用的？為什麼當舖的櫃枱會這麼高的？」碧珊問。

「這屏風可有趣了，我們行內人稱它做『遮羞板』，是設在當舖大門中央的，用來阻隔當舖櫃位和大街，讓在街上經過的人不會看到當舖裏面典當的人。典當始終不是光彩的事，來當東西的人也不想給街坊看見，所以這塊『遮羞板』是很有用的。至於當舖的櫃枱為什麼有六呎多高呢？這是方便掌櫃可以隨意驗清楚客人典當的物品，同時，也可以營造掌櫃高高在上的氣勢，讓站在下面的客人感到渺小，這就方便『殺價』，讓客人討價還價時處於劣勢了。」關姑娘說。

「那麼其他設施呢？媽媽，我很少來你工作的地方，你可以帶我們參觀一下嗎？」美如問母親。

「你們隨便參觀吧，這高高的櫃枱旁有個接待貴客的地方，另外還有供寫當票的『票枱』和供摺貨用的『摺貨牀』，是為典當貨物進行登記及包裹的地方。後面就是存放貨物的地方，通常會有一個大夾萬用來貯存貴重物品的，另外有多層貨架存放貨物的。當舖很重視貨品的安全，所以各種防火、防水、防盜的設施是少不了的。」關姑娘慢慢解說。

「聽說從前較大型的當舖，還會建有多層高的貨樓，都是用花崗石砌成的，牆壁特厚，中間還有鋼板。貨樓的四面有名為『槍眼』的鐵枝窗口，那大概是防水、防火或者防止貨物腐爛用的吧！」淑清說。

「淑清果然博學多才啊，我還得向你請教才是。」關姑娘對淑清說。

「伯母，別取笑我吧，我只是根據蒐集來的資料說的。我倒想知道，如果客人沒有如期來贖回貨物，那些貨物會被怎樣處置呢？這些我蒐集來的資料中倒是沒有提及的，得向伯母請教。」淑清謙虛的向關姑娘請教。

「通常，當舖規定客人要在四至六個月內贖回貨品，如果客人未能贖回貨品，便是『斷當』，當舖會將『斷當』的貨物轉售，通常是賣給『夜冷店』、『二手店』之類吧！」

「伯母，你認為當舖可以給客人提供怎樣的方便？它跟財務公司，甚至那些『放貴利』的有什麼分別？」淑清問。

「這當然有很大的分別，當舖是在客人有財政困難的時候，提供有抵押的借貸，令客人可以渡過難關，而期間只是收取明碼實價的利息費用。一般銀行、財務公司借貸給客人會經過許多入息、職業審查，但當舖只要有抵押，就會向任何人提供借貸。當舖不會像『大耳窿』一般收取高得不合理的利息，也不會登門追債、逼人還債，經營手法是正當得多了。你又怎會把當舖和『放貴利』的相提並論呢？經營『放貴利』是不擇手段的，甚至會令人家破人亡，我們這一家也曾經身受其害，我又怎麼會做那種害人的事呢？」關姑娘説着有點感喟。

「伯母，我只是説説而已，並不是説你的當舖和那些『放高利貸』的一樣，對不起啊！」淑清向關姑娘賠罪。

他們正説着的時候，店外有一個男子快步跑進店內，關姑娘趕忙去招呼，卻看見是自己的兒子正文。

「原來是你嗎？你整天不回家，我差點認不得你了，還以為是客人哩！」關姑娘帶點責怪的説。

正文年少時受了父親影響，無心向學，讀書不成，早早就到社會工作，因為學歷不高，只做着售貨、推銷的工作。由於關姑娘在改變自己、不再懦弱之前，正文已變成這樣，之後關姑娘實在不知道該怎樣管教這兒子。兒子後來還搬了出去和朋友一起住，令關姑娘的街坊、鄰居們以為他們家裏只有兩個女子，沒個男人。

「媽，你別這麼說嘛，我是發了薪水，專誠來請你和妹妹去吃晚飯的，你別盡說我不回家、不顧家吧！前幾個月我不是回來為家裏髹油翻新，添了些新傢俱的嗎？」正文說。

想起兒子之前辛勞地為他們油髹家居，還特地為她買了安樂椅，關姑娘想着笑了起來，對兒子說：「那好吧！我們到哪裏吃晚飯？要等一會我收舖後才行啊！」

「我們去街口的明星酒樓吧！今天星期六人多，我先去等位吧！」正文說。

「那好，我和妹妹一會才來吧！」關姑娘說。

正文沒逗留多久便走了，看着正文的背影，碧珊嚷起來：「美如，你哥哥的樣子很面善，好像在哪裏見過似的。我記起來了，他就是常在我家樓下豎掛起那些寫着什麼『有身分證就可以借錢』的宣傳牌的人。爸爸說，那是放高利貸的財務公司的廣告牌，現在掛得滿屋邨都是，幾乎比那些網絡供應公司的廣告還要多！」

關姑娘聽了碧珊的話，緊張地跑過來問她：「你真的認得那是他？」

「對呀，幾乎天天上課時都看見他在豎立宣傳牌子，黃昏時又看見他把牌子收起來的。」碧珊肯定的答。

聽了碧珊的話，關姑娘像風中的葉子般全身顫抖起來。

那個晚上，關姑娘並沒有到明星酒樓吃飯，她和美如回了家，叫美如自己煮麪吃，她自己卻不肯吃東西。

美如煮好了麪，把麪拿到母親面前，對她說：「媽媽，你也吃點吧！」

關姑娘搖搖頭，美如看到她的眼中有淚光。

這時，家裏的電話響起來，關姑娘卻不讓美如接電話。

「我們這一家深受高利貸的禍害，我常勸人戒賭、別借高利貸，想不到，自己的兒子卻這麼不長進，竟然墮落到在那些公司工作，賺那種不正當的錢。他上兩個月還用那些錢為這裏髹油、買這安樂椅給我……」

關姑娘說着，激動起來，竟把安樂椅搬了起來，使勁往地上摔，還用腳去踐踏它。

「媽，你別這樣激動吧！你這樣會弄傷自己的。你要怒要罵，也該先問問哥哥，聽聽他的解釋呀！」美如勸説。

「這粉飾漂亮的家，竟是他用那些骯髒錢換回來的，我還是把它毀掉算了。」

關姑娘説着，又拿安樂椅斷掉了的椅柄使勁向牆上砸，用力把牆上的油漆刮下來。

「媽，你別這樣吧、等哥哥回來再説吧！」美如上前勸阻母親。

這時，門外響起鑰匙聲，大門開了，正文進來，邊關門邊嚷：

「媽，怎麼搞的？説好了在明星酒樓吃飯的，卻等了一個小時你們也沒來！」

正文説着，看見母親正使勁把牆上的油漆刮下來，忙上前阻止。

「媽，這怎麼搞的？這牆壁我髹得很辛苦的，還用上最貴的漆油，你怎麼都把油漆刮下來？」

說時，他又看見地上摔破了的安樂椅，叫道：「這椅子是我花了半個月薪水買給你的，你怎麼弄破它！」

關姑娘正氣在頭上，聽到兒子的話，便罵了起來：「我才不要你用那些骯髒錢買的椅子，才不用你用那些錢為我們家緊油！」

「什麼骯髒錢？那些錢全是我做電腦網絡公司的推銷員賺來的，要由朝站到晚、喊破喉嚨、厚着臉皮才賺到的，全是光明正大賺來的錢！媽，我雖然不及妹妹那麼高尚可以上大學，可是你也不能說我賺的是骯髒錢呀！」正文憤然說。

美如告訴哥哥碧珊說的話，正文這才恍然大悟，明白母親憤怒的原因。

「媽，我不是在那些財務公司工作的，只是有個朋友在那裏工作，他看見我每日也在那屋邨邨口推銷電腦網絡服務，便叫我順道每天早上為他們豎立廣告牌，下班時收回來，賺點外快而已，我沒有參與他們的高利貸勾當啊！」正文連忙向母親解釋。

聽了兒子的解釋，關姑娘的滿腔怒火熄滅了一半，她對正文說：「你說的話是真的嗎？」

「當然是真的，你可以打電話給我的朋友或者那財務公司問問的。」

「總之，以後就不要和那種朋友來往，還有，你不是在那裏工作，也不該幫他們豎立宣傳牌的，你難道還不知道高利貸害人之深嗎？我們一家也曾深受其害呀！」說這話時，關姑娘的臉色稍為緩和了一點。

「得了得了，我不再為他們掛牌子就是，媽媽你別發怒了。現在還只是九時多點，我們再到明星吃晚飯吧！由我請客當是向你賠罪可以了嗎？」正文說。

「好啊，我實在不想吃即食麵哩！」美如連忙放下手中的碗說。

「可是，那椅子和牆壁……」關姑娘有點為剛才的行為後悔了。

「明天是星期天，我回來為你修好椅子，再重新為牆壁上漆吧！媽，你的火氣也太大，氣力也太好了！」正文看着牆壁，皺着眉說。

聽了正文的話，關姑娘和美如笑了起來。

下半部：

柏文每逢星期日，都會到石硤尾街市的明記找他的爸爸喝茶。他爸爸在街市開了一個幾十平方呎丁方的水電檔口，為街坊修理水喉電燈、電器用品等。他通常八點鐘就出檔口開檔，晚上有時為街坊做維修工作到九時、十時才回家。因為兩父子各有各忙，平時談話的機會不多，就只有星期天柏文來檔口找父親喝茶，這才是他們在一星期裏談得最多的時間。

「爸，去喝茶吧！」

柏文到了明記檔口的時候，他爸爸也即是街坊口中的明記正在修理一個花灑頭。

「爸，去喝茶哩！」看到父親聚精會神的在修理花灑，柏文再叫了一聲。

「等一等，讓我修好這個花灑頭才去吧，該很快的。」

明記說。

「爸，這些花灑頭才幾十元一個，修理來幹什麼？叫客人買一個新的吧！」

「這花灑頭就是在這裏買的，瑩媽買回去才個多星期就壞了，為了明記的信譽，一定要修好給她才行。」

「那就給她換個新的吧！少賺幾十元也是等閒，省得花時間修理。」

「怎的現在什麼東西也這麼『化學』、不耐用？什麼也像用完即棄要買新的？從前我們那時代的東西可不是這樣的，什麼也很耐用，可以一用就用上幾十年，至少也可以用上一年半載，不像現在的東西只虛有其表。」明記邊修理花灑頭邊嘮叨。

「為這區區數十元的東西花這麼多時間、精神，划得來嗎？」柏文等得有點不耐煩。

「就是老街坊們愛惜物件、不胡亂丟棄去買新的，我才有生意可做，才可以養大你們到今時今日！如果他們什麼都不修理就去買新的，那不是很大的浪費嗎？你們年輕人現在什麼也說環保，連一個膠袋也不輕易丟棄，又何況這些電器、用具哩！」

「就算是你的話有理，你先放下工作，我們喝完茶回來再做吧！遲了去茶樓會坐滿了人、沒位子的了。」

可是，當明記剛想放下工作，街坊昌哥卻來找他。

「明記，這風筒和電風扇你看看能不能修好？你說過許多我們想丟棄的物品，其實在修好之後還可以再用的。這些都是我親戚的東西，你看看能不能修好吧，修好了之後看看有沒有人要，可以換回點錢啊！」昌哥說。

「阿昌，你也學學修理電器吧，總比遊手好閒好啊！有一門手藝，懂得把用壞了的東西修好，既可給自己賺點喝茶錢，也可以給孩子賺點買書錢啊！」明記對昌哥說。

「明記你是有道理的，遲一點吧，遲一點才跟你學去。」昌哥說完就走開了。

「唉，阿昌才四十多歲，因為在地盤再找不到工作，就寧願拿綜援、賦閒在家也不願學一門手藝，有什麼比自食其力更令人心安理得啊！」明記又在呢喃。

柏文看到檔口裏又多了兩件要修理的東西就直皺眉，只好說：「爸爸，我先到茶樓等座位，你快點來啊！」

柏文到了茶樓大半個小時後明記才到，和往常的情況一樣，總是明記剛坐下不久，就有街坊前來打招呼、跟他聊天，今天來的是興哥和李叔。

「明記，你說過會為我們這些失業大軍找出路的，現在有下文了嗎？」興哥問。

「社區中心的馮姑娘說已有點眉目了，他們會找些師傅來教街坊各種技能，譬如髹油、補漏，第一班就是由我教水電、修理電器。」明記說。

「我已經快六十歲了，還能參加嗎？」李叔有點擔心。

「五、六十歲也可以，只要是失業的男性就行，我們這些活動形式是參照深水埗區的女工合作社的。女工們為人看小孩、當家務助理、補衣服、做窗簾等，互相幫助，做得很成功，於是，我就向馮姑娘提議，也該為本區三十至六十歲的男工辦男工合作社，去為區內街坊做些家居裝修、維修、水電、木工等工作。」明記慢慢為二人解釋。

「這會像政府辦的再培訓一樣嗎？就算上完課、學到了技能的人，也未必有人肯請，仍是一樣徬徨啊！」興哥提出疑問。

「這個合作社只是為街坊提供服務，譬如為區內舊樓的老人家提供家居維修服務，我們只收取外面一半至三分二的費用，只收回材料錢和人工就算了，並不是要賺錢。當是幫忙那些老人家也好，當是為自己製造就業機會也好，這就像那些生意人所說的『雙贏』吧！」明記雖然沒有讀很多書，但說起話來總是有紋有路，有時甚至會引經據典，所以街坊們遇上問題時總喜歡找他來分析分析，彷彿找他分析過就一定會有解決辦法似的。

「可是，只能做家居維修的工作嗎？恐怕沒這麼多老人家有錢維修居所，這區的舊樓維修完了，我們豈不又失業了？」這回輪到李叔擔心。

「所以我們還有其他服務的，譬如，會為區內的家庭提供水電接駁、電器維修，因為本區多是低收入家庭，所以客人們未必是付得起錢的，馮姑娘說我們會仿效女工合作社般，付出了勞力可以賺取代用券，用這些代用券來換取街坊的其他服務，譬如，我們為人維修了電器，就可以換回家務助理、煲湯煮飯的服務，這樣就是互相幫助，共建和諧社會了。」明記說。

「可是，如果我們接不到可以賺取人工的家居維修工作，就只能換到服務，想賺點零錢也沒機會囉！」興哥說。

「這也是我想解決的問題，所以我們最近常呼籲各界人士捐出舊了、壞了的電器，由我們合作社的社員來修理好，再拿去二手合作社賣，賣到了，我們就可以分到點人工了。」明記說。

「聽來也不錯啊！那我們就唯你明記馬首是瞻，一切也聽你指揮了！」興哥說。

「難得明記你自己有生意、有飯吃之餘，還顧念到我們這些沒工作、沒飯吃的老街坊！文仔，你要學習你阿爸的樂於助人啊！」李叔轉向柏文說。

柏文漫應了一聲。

「對啊，像明記你可有福氣了，大兒子柏文在科技大學畢業，現在是電腦工程師；二兒子邦文是理工大學的學生，加上你明記，真是一門三傑啊！我就沒用了，四十多歲才在大陸討到個老婆，前幾年才生了個兒子，我和老婆又『盲字都不識一個』，想找人為孩子補習卻沒錢付補習費，真是說出來也羞家啊！」興哥又在自怨自艾。

「孩子要找人補習嗎？就來我家叫柏文教他吧！柏文沒空就由邦文教他，不用花錢去找補習老師了。」明記說得容易，卻沒徵求柏文的意見。

「爸爸，我工作這麼忙，怎會有空替人補習？」柏文抗議。

「時常看見你一有空就花時間上網，幫街坊忙不比上網有意義嗎？」明記薄責。

「別麻煩柏文了，柏文賺這麼多錢，花了他的寶貴時間，其實比找個中學生補習更不划算了，還是不要勞煩他了。」興哥不好意思的打圓場。

「你不用理會柏文的，花了他的寶貴時間嗎？他照計人工向我收好了，大不了在他給我的家用裏扣，我明記生的孩子不肯幫老街坊忙的話，生孩子來幹嘛？要是這樣，我不如跟他媽媽一樣死了沒眼見就算了！」明記有點動氣。

看到明記動了氣，柏文知道自己拗不過爸爸，只好勉強應承了。

個多小時之後，明記兩父子離開茶樓，明記對兒子說：「你先回家吧！我還有工作。」

「爸，你就趁星期天好好休息一下吧，怎麼又去工作這麼辛勞呢？」柏文勸明記。

「我們住的屋邨十五座的梁婆婆要做點家居維修，就趁今天假期去幫她忙吧！你想我早點休息的話，就來一起幫忙啊！你們年輕人不是喜歡做義工的嗎？你讀中學時也有參加公益少年團的呀！可以早點完工的話，我們就去街市買些海鮮回家裏煮，今晚三父子吃頓好的！」明記説。

柏文歎了口氣，就隨明記去梁婆婆的家幫忙。誰叫自己有一個這麼愛為街坊服務的父親呢？

明記先回檔口拿了一部舊洗衣機，放在手推車上運送，和柏文邊走邊談，不久就到了十五座的梁婆婆家。

「梁婆婆，這舊洗衣機是給你送來的，你別看它的外形這麼舊，裏面的好些零件已換過了新的，該至少可以再用三、五年的。有了它，你就不用蹲在地上用手洗衣服這麼辛苦了。」明記對梁婆婆説。

「明記，上回我腰骨痛洗不了衣服，你説要給我帶來部洗衣機，我以為你只是説説罷了，誰知你真的給我送來！這洗衣機很貴吧？多少錢？太貴的話，我現在先給點，下個月發了綜援再還給你吧！」梁婆婆説。

「不用了，這只是街坊不要的壞電器，我換了點零件修理好它罷了！你放心用吧，不用付錢的。」明記豪爽的説。

「怎可以這樣？零件也要花錢買的呀！哎呀，你連洗衣粉也給我買來了，我不付錢怎成？你常為我們做些家居小維修不收錢，難道要你賠本嗎？不成的，快告訴我要多少錢！」梁婆婆邊説邊朝內衣口袋裏掏錢。

「你一定要付錢的話，就收你一百元好了。」明記勉強説，「梁婆婆，上一回你不是説要在坐廁旁邊多開一個水龍頭洗手的嗎？你想開在哪裏？」

「就是了，因為洗手的瓷盆破了一直沒修好，洗手要用浴室的花灑很麻煩，常往浴室那邊來來回回的，有幾回我還差點摔倒了，所以最好就在舊洗手盆的位置開個水龍頭洗手。我倒要先問問，做一個瓷盆要多少錢？只開一個水龍頭又要多少錢呢？做一個瓷盆的價錢必定貴很多吧？明記。」梁婆婆問。

「當然是貴一點的，可是，只開一個水龍頭，洗手的水要用膠桶接住，盛滿了又要倒水，挺麻煩的！」

「如果可以省點錢的話，那也不要緊呀，我可以每次一點一點的把水倒了；太重的話，也可以待我的孫兒下課回家才幫我倒的……」

「你最大的孫女也才九歲，怕會提不起的，況且做一個瓷盆也只多一百數十元而已，就做個瓷盆吧！」

「一百數十元我倒付得起的，大不了未來幾個星期天不帶他們去麥當勞吧！明記，我就付你三百元吧，你可不要嫌少啊！」梁婆婆說着掏出一疊二十元紙幣來，要數給明記。

「才不用那麼多哩，合共一百五十元可以了。」明記說。

「那就二百元吧，你再不肯收的話，我以後就不敢再找你幫忙了。」梁婆婆堅持。

明記勉強收下了錢，就和柏文一起到樓下的五金舖去買材料。

明記在五金舖買了瓷盆、水龍頭和水喉，共付了三百七十元，柏文知道父親這次又做賠本生意了。

「爸，為什麼不買那種白色的、便宜一半的瓷盆？那就不用做賠本生意了。」

「我們做事要『過得人過得自己』呀，我們家也用這個牌子的瓷盆，這夠耐用呀，不能不賺錢就給客人用較差的用料的，這是街坊間的互相幫忙，不是施捨呀！像一些機構常把一些過期食品、劣質貨品捐給老人家的行為，我是最不喜歡的，那是吝嗇，是施捨，不是幫助。梁婆婆已經七十多歲了，三個孫兒最大的才九歲，她的女兒、女婿又不負責任，把孩子丟給她來養，看到這個無助的老人家和可憐的孩子，又怎忍心袖手旁觀不幫上點忙？柏文，你記得嗎？你媽病死的那年，你才七歲，弟弟才五歲，你媽病重時，也是石硤尾邨的老街坊們幫忙照顧你們，我才可以每天去醫院探你媽媽，後來你媽過世了，也是街坊們幫忙辦事的。那時我父兼母職，忙於外出謀生，不是街坊們輪流幫忙照顧你們，幫忙我們又煮飯又煲湯的嗎？可以說，沒有那一班老街坊，我們一家人也沒有今天。那時候，我只可以用為他們修理電器、電燈來報答他們，到了今天，我為他們做些修修補補的工作，心裏才踏實，這是一種回饋啊！」明記漸漸從回憶中回到現實。

「爸，可是你現在幫忙的不只是當時幫過我們的鄰居啊！幫助別人是重要，但也不用偉大得太氾濫，令自己沒錢可賺啊！」柏文嘗試說服父親。

「柏文，你這樣説就不對了，你試想想，我們住了二十多年的公共房屋，你讀的小學、中學、大學，哪一樣不是政府的資助、不是社會大眾互相幫忙的結果呢？有能力的人幫助沒能力的人，這是應分的，而且是福氣，就像我在馮姑娘的社區中心遇上的義工一樣，他們多積極貢獻社會、多有滿足感啊！柏文，該是我勸勸你，別只一味顧着賺錢，有空時別只顧着上網、去酒吧，這些也不如做義工幫忙別人般有滿足感啊！」

柏文一時想不到用什麼話來反駁，只好慢慢咀嚼父親的話。

明記回到梁婆婆的家，不消兩小時就做好了洗手盆，還為婆婆在旁邊做了一個角鐵架，方便她放雜物。當柏文在旁邊幫忙時，梁婆婆和他聊天。她對明記讚不絕口，把這十多年來明記幫忙街坊的事鉅細無遺的告訴柏文，柏文還是今天才知道自己的爸爸對這社區的貢獻，竟比某些區議員還多。

因為提早完成了工作，明記高高興興的和柏文到石硤尾街市買海鮮，他對兒子説：

「你這樣不想我賠本、不想我破費，這一餐買海鮮的錢就由你來付吧！富有的人該多付出啊！我呢，就負責煮吧！」

「爸，你不休息一下嗎？」

「我這人最喜歡工作，是停不下來的，假如有一天你看見我不工作的話，一定是因為我病了，或者老了沒工作能力哩！」

這天，他們兩個買了許多海鮮回家，三父子一起大快朵頤。

這天之後，柏文和弟弟邦文常常自動請纓幫助父親去為街坊服務，柏文也積極從同事、朋友處徵來許多舊了、壞了的電器，交給明記的「男工合作社」。明記的「男工合作社」搞得有聲有色，工作開展了幾個月，已經成功訓練出一些中年家居維修人才為老人家維修、粉飾家居，且為許多曾經認為自己已沒用、被社會遺棄了的中年人提供工作機會。

半年後的一個星期天，柏文於和明記在茶樓喝完茶之後，又陪父親去石硤尾新建的公屋美如樓，幫忙做家居維修的工作。

聽明記説，這家的屋主是關姑娘，是位單親母親，她有一個女兒。因為家裏只有兩個女子，舉凡家居維修、修理電器、通渠、滅蝨等事宜，多年來也是請明記幫忙的。

關姑娘雖然是位硬朗、堅毅的女性，但在水電這些瑣務上也不會胡亂逞強，一直找明記幫手。

「關姑娘，你的洗衣機壞了，我已幫你修理好，記住洗衣機前面的這些按鈕是不能沾水的，我已為你封上了透明膠紙，該不會再容易弄壞的了。要提醒你，請你告訴你的女兒，避免弄濕了它，它才會耐用些啊！」明記對關姑娘説。

「明記，你真細心啊！我記得的了。來啊，坐下休息一下，喝一碗赤小豆粉葛湯吧，下火的啊！對你們這些常勞心勞力的人最有益的了。柏文，你也喝吧，我煲了很多！」關姑娘説。

當明記和柏文在喝美味又夠火候的赤小豆粉葛湯的時候，關姑娘拿出明記的兩件外套來還給他。

「明記，這是上次應承為你釘回鈕扣和換拉鏈的外套，你看看手工會不會太差？還有，這手錶是客人斷當了的，我看見款式不錯所以留下來，你拿去戴吧！」

明記邊看自己的外套和關姑娘給他的手錶邊說：「那可多謝你了，關姑娘，就和從前一樣，我為你家修理電器，你為我們補衣服、釘鈕扣，大家也不收錢，扯平了。然而，這手錶你一定要收錢的！」

「別跟我計較吧！修理這洗衣機，外間可要收二、三百元的，你別以為我像那些婆婆一樣，相信只需一百幾十元吧！我這手錶收回來也才百多、二百元而已，我們這就扯平，別為這些小事拉扯了，還是談回『二手合作店』的事吧！」關姑娘說。

關姑娘是在當舖工作的，她提議把當舖「斷當」了的物件拿去「二手合作店」去賣，她只收回成本，賺到的歸合作店，這樣，合作店就不用只賣二手家電，也有其他物品可賣了。

柏文看見父親和關姑娘談得投契，他們又一樣喜歡服務街坊，性格也契合，他想，如果兩人可以成為一對就好了。

這時，關姑娘的女兒美如回來了，柏文沒想到關姑娘的女兒是這樣漂亮而且有氣質的。

關姑娘為柏文介紹女兒美如時説：

「明記，美如和柏文年紀相若，美如是中大的畢業生，柏文是科大的畢業生，大家也喜歡做義工，兩人該有共同話題，可以交朋友的吧？」

明記看着美如，心想：從事電腦行業的柏文一直女同事不多，已經二十四歲了還沒交到女朋友，如果可以和關姑娘的女兒成為一對就好了。

「明記，我煮飯預了你們的，今晚一定要留下來吃飯啊！」關姑娘對二人説。

「好啊，那就『恭敬不如從命』了。」明記與柏文齊聲説。

關姑娘和美如看見他們父子倆這麼合拍，不禁笑了起來。

第三部分寫作建議

寫作題目一：

在〈當舖裏的心理治療〉中，關姑娘因為從前丈夫沉迷賭博，借了「貴利」而對一家人造成深深的傷害，因此對賭博及放貴利深惡痛絕，在得知兒子的工作與放貴利有關時，怒不可遏，反應極大。

在日常生活中，我們也看到一些人對其他人和事抱持偏見或成見，因而不能公平處事。試寫作文章一篇，談談如何消除偏見。

寫作題目二：

在〈當舖裏的心理治療〉中，關姑娘在為街坊提供心理治療中找到快樂，明哥則在助人之中找到快樂，你又以什麼為樂呢？試以「我在__________之中找到快樂」為題寫作文章。

第四部分

我在唐樓發現了情

1932

前言：搜尋「唐樓」

什麼是唐樓？

這要從我為了寫這部分的前言，而用 Yahoo 的搜尋器，搜尋「唐樓」這兩個字開始說起。

搜尋到的，竟有千多項資料。

資料之中，有許多是地產資訊：各區的唐樓樓價多少、租金多少、唐樓的按揭問題等等。

還有的是各大商號如傢俬舖和搬屋公司，搬運貨品到唐樓的收費等等。

此外，你猜搜尋到最多有關唐樓的資料是什麼？不說不知，是鬼故事。原來許多人寫鬼故事都選擇以殘舊的唐樓為背景；除了鬼故事外，還有愛情故事，甚至艷情故事。

在這一大堆搜尋到的資料中，比較吸引我的，有兩段資料。其一：

在國際輪椅劍擊錦標賽中，獲得花劍銀牌及佩劍銅牌的年輕選手馮英麒，說過這樣的話：

「我覺得我和健全人士沒多大分別。我去探嫲嫲，四層高的唐樓，我都可以撐着輪椅獨自爬樓梯上去，恐怕也是個香港紀錄啊！」

這句話，如果配合起那狹窄、陡斜的唐樓樓梯景象，和雙腳健全的自己走幾層樓梯已氣喘的情況，可以想見，一位傷殘人士「撐着輪椅獨自爬樓梯上去」，會是怎樣偉大的一項紀錄！

第二段令人鼓舞的、有關唐樓的資料，是這樣的：

「古物諮詢委員會把三幢歷史建築物列為法定古蹟。其中一座，是位於荔枝角道與塘尾道交界的『雷生春』大樓。

大樓於 1934 年落成，為雷亮先生（九巴創辦人）的物業。上址曾作開設醫館之用，樓頂有醫館的名稱和石牌匾。

這幢建築物是一幢商住兩用的唐樓，以仿古典主義的粉飾作點綴，既有方形外框及欄杆，又糅合本地建築特色，設有寬闊的走廊及石牌匾。」

我讀中學時，一家人遷進葵涌居住，每次從旺角的舊居乘巴士到葵涌，都會經過荔枝角道的這座大樓。坐在巴士上層的我，往往被這幢大樓的外形吸引。

那時的我，常常研究這座大樓的讀法，是「春生雷」，還是「雷生春」呢？這三個字，是人名？是樓宇名？還是什麼？

如今，它既已被列為法定古蹟，我就不用擔心它被拆卸，可以有許多時間來慢慢研究它了。

上面一大段文字，其實只是一個引子，我在網上找到了以下有關唐樓的歷史，羅列如下：

「唐樓源於十九世紀末，英國人打算興建一些類似屋村的房屋；但後來研究報告指出，香港天氣潮濕，不適合興建英國式房屋。他們發覺中國人住的房屋冬暖夏涼，極為適合本港的氣候，此乃唐樓。

唐樓在上世紀極受華人歡迎，直至霍英東的有榮公司在 1964 年於九龍眾坊街發展新式樓宇，分層出售，這才陸續引入洋樓。」

另一段寫得較嚴謹、詳盡的資料，是在介紹香港建築歷史的網頁內找到的：

「香港戰後的住宅建築方面，除了胡亂搭蓋的路邊棚屋和山坡木屋外，大部分港人住的都是舊式唐樓，也就是三十年代或以前所建的一些二至三層高的公寓式樓宇。這些唐樓當時往往住上數十人，其擠迫及衞生程度可以想像。到太平洋戰爭以後，才有所謂新唐樓出現，這些樓宇每幢的建築面積約為舊式唐樓的四倍或以上，但每層的每個單位面積還是跟從前差不多。當時許多新唐樓都是五至七層的建築。」

其實，有關唐樓這名稱的由來及其歷史，並不容易在坊間或書籍上找到，但沒關係，因為唐樓的歷史，幾乎就是我們的歷史；早期香港人的故事，有三分一至一半，都發生在唐樓裏面。

我的朋友都知道，我是一個喜歡搬遷流徙的人，而在我住過的樓宇之中，唐樓佔了十分之九。

第四部分　我在唐樓發現了情

沒有電梯、樓底高、實用面積大、有天台、有露台、樓底吊扇，這一一成為唐樓的標誌。當然，這其中，還有你和我，還有你和我在唐樓裏面發生的一個個動人故事。

這部分有十個關於唐樓的故事，其中有九成是真人真事，有過半是我自己和家人經歷的。而故事中的唐樓，每一個地區的每一幢都還健在，有機會我可以組團帶讀者去逐一遊覽、憑弔，想像一下它曾是許多人的理想家園，和在回憶裏魂牽夢縈的地方。

一、女人街上自力更生

姨婆住在通菜街，即是俗稱的女人街。

那是很繁雜嘈吵的街道，每天由早上十一、二時，到凌晨十二時、一時，都是遊人熙來攘往，國內遊客啦、日本遊客啦、外國遊客啦、本地人啦……充斥在這條路上。

女人街頭近登打士街、家樂商場那邊，總有許多旅遊車在等着逛累了的遊客，而隨着附近西洋菜街等幾條街被劃為行人專用區之後，這裏成為了一個更繁盛的購物區。

姨婆卻是從來不逛女人街的。她住在通菜街十七號一幢唐樓的三樓一個板間房裏面，十幾號是通菜街最熱鬧的一段，但姨婆出外，不是左轉出彌敦道過馬路回老人中心，就是右轉到豉油街，再徒步走到煙廠街的街市買菜。

姨婆房間的一列窗正對着女人街，由於是三樓，故吵得不得了。樓下有賣唱片的街舖，又有賣翻版 CD、賣時裝等檔口，從早到晚吵得不亦樂乎，必定過了凌晨一、兩點靜下來，姨婆才可以合得上眼。

姨婆住在旺角四十年了，她但求住在旺角，就近有街坊，租金又便宜，就不嫌嘈吵，不嫌閒雜了。

我偶爾會去姨婆家探她，但出了旺角地鐵站，由奶路臣街經西洋菜街再轉入通菜街，這一段短短的路程卻擠得要命，因此也要走十五分鐘。

姨婆住的那個唐樓單位只有約一千呎，卻住了六伙人。頭房和尾房面積最小，只有五十呎，住的是單身漢，中間除了姨婆，還住進了一個新移民家庭，另外的是業主女兒的一家三口，還剩下一間未租出的房間。

如此品流複雜的環境，我從沒有想過會住進去，但隨着裁員潮開始，我也首當其衝被公司裁掉了，一時找不到工作。為了減省開支，那些一同被裁、本來一個人住的同事們都紛紛搬回家裏住，我在香港沒有其他家人，就唯有打老姨婆的主意，住進她的小房間裏去。

她的小房間有八十呎，有一張碌架牀，姨婆很歡迎我搬去，因為可以陪陪她，她為我清理了上格牀的雜物，還鋪上了收藏已久的花布被單，就讓我搬進去。

真的很不習慣啊！我本來是個單身貴族，一個人住在灣仔聖佛蘭士街的高樓大廈裏一個四百呎的單位，裏面有一間睡房、一間書房，還有自己的廚房和廁所。如今英雄落難，水困蛟龍，我只擁有一格上格牀，要和人共用廚房、廁所了。

我很會安慰自己：只有一格牀位也有一格牀位的好處，我不用再花錢買意大利沙發、歐洲燈飾了，一個月我只要付一千五百塊給姨婆，就包水包電、包食包住了。

姨婆煮的菜味道是淡了一點，但卻湯水不缺，對我這個找工作找得心煩氣燥的人來説，是適合的。 而且，一個月只千五元開支，我把遣散費、公積金等加起來，是足夠我過一年半載坐吃山崩的日子。

殘酷的現實告訴我，我是找不回從前的中層管理工作的了，擺在我眼前的選擇，只有金融經紀和保險經紀兩種。

我選擇了做保險經紀，仍舊可以身光頸靚地去上班，好歹也是返寫字樓的，比起從前也許不值一提，但比起這幢唐樓樓上樓下幹粗活的人，仍是高好幾級的工作。

這個小唐樓單位裏面，住尾房的是在小酒店做行李員的，中間房的新移民家庭，丈夫做地盤雜工、妻子在酒樓做清潔，尾房的男人是在通菜街每天幫人開檔收檔的。我做保險經紀，在他們眼中是知書識墨一族，他們要看英文信、填寫税單等也會來找我幫忙。

住尾房的阿威問我：「唐先生，你們這些打寫字樓工、做高尚職業的，為什麼也肯住這些地方呀？」

我告訴他，我要多儲點錢日後去外國進修。

他聽了只道:「讀書好呀！讀得書多就不用捱死一世！」

唉，他不知道在這個年頭，讀書多也沒用，大學畢業也找不到工作的，大有人在呀！

威哥本來和太太、兒子住在元朗，因為在女人街找到替人搭檔口的工作，就租了這裏的小房子住，假期時才回去和家人相聚。

女人街許多檔口也是他負責搭的，午間他用鐵通替檔主搭好檔、接好電，深夜時再替他們收檔，若他們碰上有什麼問題，要移位、改位等，他也會幫忙解決。每檔給他一千元人工，他每天替十幾檔工作，如此每月收入也有兩萬多元。

表面上是他羨慕我當文職，暗地裏卻是我羨慕他的收入。我在保險公司工作，每月只有底薪四千元，如果那個月做不夠數，就連底薪也沒有，實在十分可憐。

我其實不是一個口甜舌滑或者很有口才的人，社交圈也不廣，從前的同事、朋友，一聽到我轉了做保險，也躲得遠遠的，我頭一個月唯一的一單生意，也是威哥捱義氣幫我買的。

他從姨婆口中知道我沒生意，就主動來找我買保險，他說：

「幹我們這一行的，整天爬高爬低工作，萬一出了意外，我的家人就慘了，我這樣的粗人，有你肯幫我買保險，這是我的榮幸呢！」

威哥幫我買的一份保險，使我擺脫了第一個月就被炒的厄運，也因此，我感受到草根階層守望相助的精神，還明白到「仗義每多屠狗輩」式的義氣。

威哥還介紹了許多他的同行給我，其中一個叫忠叔和一個叫明仔的，也先後幫我買了保險。

到了保險生涯的第三個月，因為前兩個月我只做了三單生意，上司便在早會上把我奚落一番，還對我說明天再找不到生意，就不用上班了，這個月也休想有糧出。我受到很大的壓力。

垂頭喪氣地回到姨婆家，便接到忠叔的電話，他買了保險，說驗身的時候因為被發現從前生過肺病，所以公司不接受他投保，並答應他一個星期內退款，但如今兩個星期過了還沒有收到，他因此把我痛罵了一頓，說我騙了他的錢。

在萬念俱灰之下，我到樓下士多買了八罐啤酒，趁姨婆還在老人中心未回來，空肚把八罐啤酒一飲而盡。

之後糊裏糊塗，在較清醒的時候，威哥把我拉進洗手間，拿着花灑使勁地往我頭上淋冷水。

威哥遞給我一杯茶，拍着我的肩膊說：

「你剛才大哭大嚷，還差點爬出窗口呢！要是讓你姨婆看見，可把她嚇個半死呢！」

他把我拉到窗邊，又說：「你看！這裏才三樓，掉下去必定死不了，只會殘廢，你姨婆這麼老了，你以為她還可以照顧你呀？而且你從這裏跳下去，會壓破我辛辛苦苦搭的檔口啊！」

「你看看，下面開檔營生的人，個個學歷比你低、頭腦沒你靈活，他們不是都在努力工作、努力生活嗎？」

我很慚愧，我實在不如他們。

威哥帶着抬不起頭來的我，走到女人街，逐一介紹檔口的檔主給我認識。

其中一個叫達叔，以前是在遊戲機中心做收銀的，後來被解僱，就跑來這裏開檔賣鬧鐘，工作雖然辛苦，卻勉強可養活一家四口。

旁邊賣時裝的娥姐是個寡婦，靠在這裏工作養活兩個女兒。

街尾一檔賣鞋的叫阿明，小時候患了小兒麻痺症，一直不良於行，卻靠這鞋檔養活了自己，不用拿綜援靠政府。

我從這些草根階層的小人物身上，看到了強烈的生命氣息，我對威哥説：

「威哥，能夠介紹我在這些檔口工作嗎？」

威哥笑着點頭。

我告訴自己：由今日起，我要全心投入這草根階層之中，努力營生。

終於有一天，我真的在這條女人街開始營生。

威哥説：「你是文化人，賣衫褲鞋襪呀、女人內衣褲等等並不適合你，不如賣些精品吧！賣女孩子的飾物也不錯。女孩子見你這帥哥談吐溫文，一定會來光顧！」

我找了些朋友，從東南亞如泰國、馬來西亞等地方，買回掛畫、筷子、掛牆鐘等小擺設，就在女人街幹起小買賣來。

多得威哥幫忙，他替我在這條街找到了檔口，就在賣鞋的阿明旁邊。檔口原來屬於一個叫德叔的，他因為身體不好，不能來開檔，我就租用了他的檔口，每天給他租金。

替我每天搭建檔口的，當然是威哥了，但他沒向我收錢，他説：「等你賺到錢以後，再給我吧！」

威哥、阿明、娥姐和達叔等人，教曉了我許多在這裏擺檔口的竅門，他們教我怎樣跟小販管理隊周旋，怎樣跟顧客討價還價等等，我感到在這裏工作很新鮮刺激。

女人街生意最旺是在黃昏五點人們下班之後，而之前生意是比較淡的。我為沒生意發愁時，阿明會找我下棋，他教我下象棋，他說自己的腳雖然有殘障，但頭腦可沒問題。

他是女人街的棋王，竟肯教我這個初哥，還挺有耐性的教。一邊下棋時，他常會給我講道理：

「人生如棋局，這一局輸了，只要不氣餒，下一局可以再來，說不定反敗為勝呢！我常這樣安慰自己：我的雙腿不良於行，那就等於在下棋時讓人家雙車或者雙馬吧！沒有了雙車或雙馬，我就要把棋藝鍛煉得更好，下棋時更專心，這就可以彌補先天的不足了。」

聽了阿明這些話，我真慚愧，我四肢健全，卻不如他的樂觀與堅強。

對於在女人街一眾手足們的幫忙，我也努力回報。譬如娥姐太忙時，我會代她去接囡囡放學；阿明不方便拿放在高處的貨物時，我會飛身過去幫忙，而最能讓我發揮的機會，就是在有外國遊客來購物時，大家都找我去翻譯，如果能幫他們做成生意，我就感到最大的滿足。

在這裏賺到的雖然只可勉強夠餬口，但每天與明哥下棋，與威哥閒談，等姑母煮好飯拿來檔口一齊吃，大家守望相助、互相照應的生活，我已經習慣了，而且過得十分愜意。

後來有舊同事來找我，説他的公司有空缺，問我要不要申請。我想了想：現在的我，對於辦公室政治、商場裏的巧取豪奪、同事間的人事鬥爭，早已厭倦了，那種表面風光的辦公室生涯，反不及這裏的踏實。在這裏工作，一分一毫也是靠自己的勞力得來的，沒錯，真的是很勞累，但晚上總是睡得很安心。而且，我實在捨不得這裏的一切……這裏的情義、這裏低下階層的奮鬥和女人街唐樓板間房裏的鄰居情誼。

二、這區治安不好啊！

素美新搬了家，由心光盲人學校宿舍搬到大角咀一幢唐樓去。

她自小和父母、姊姊住在長洲，後來姐姐搬到外面住，她就進了心光盲人學校讀書。

學校裏充實而純真的日子容易過，眨眼之間素美已經要畢業離開學校了。素美懷着依依不捨的心情，為自己的未來就業作打算。

師兄、師姊畢業後，很多都從事盲人按摩師的工作，他們介紹素美到中山一間由失明人士開辦的按摩學校，在那裏學習穴位、推拿和按摩。

半年後，素美已學習到不少按摩的竅門，畢竟是正宗的按摩學校啊！未從中山回香港，師兄師姊已為她找到了工作，是在太子的一間盲人按摩中心工作。

在太子工作，住在長洲很不方便，於是她就在按摩中心對面、一位同事的家中寄居。那位同事的丈夫常回內地工作，素美住在那裏也算方便，而且每天都有個伴可以一起上班下班。

在按摩中心工作，是用拆帳形式支薪的，即按摩師拿服務費的四成、中心拿六成，若果是經驗多、熟客多的按摩師，拿的分成會高一點。

素美在這間按摩中心工作了三個月，已經有十個八個熟客，因為她性格開朗，又肯主動瞭解客人從事哪一類工作，從而針對客人的需要，盡心盡力去服務，所以很多客人都會指定找她，她也將自己的手提電話號碼給熟客，方便他們預約。

日子久了，素美覺得自己手上已有一班熟客，客人是為自己而來的，但服務費的一大半卻要歸給公司，她有點不甘心。她向同事打聽，看可不可以向公司爭取較多分成，就算是一半也好！但同事聽罷她的話卻揶揄她說：

「你這妹頭初出茅廬就這麼大想頭！我呀，在這裏工作了差不多一年半，也不敢提出這種要求。現在市道不景，找工作難，你這個瞎眼的已經比許多開眼的人幸福多啦！還不知足……」

素美聽了雖不是味兒，但心裏卻有了另外的打算。

她問了幾個熟客：

「如果我在自己家裏做按摩，你會來找我嗎？」

大部分熟客都答：

「會呀！但地點一定要方便。」

素美說：「到時候必定給你們打折扣！」

素美的姊姊剛跟同居男友分手，要找地方住，素美跟她說：

「如果你租住的地方近旺角、太子，我就可以跟你一塊兒住，負擔一半租金。」

素美的姊姊終於在大角咀找到一間二百多呎的唐樓套房。因為是唐樓，要上四層樓梯，對素美來說不很方便，但因為租金便宜，才三千多元，她和姊姊每人只付一千七百元，這對素美來說是輕鬆可負擔的，於是她和姊姊開開心心地搬進去。

家居的布置一概由姊姊一手辦妥，素美只千叮萬囑姊姊一定要為她預留空間放置一張按摩椅，姊姊也陪她買來一張由台灣製造的按摩椅，花上幾千元。

這唐樓與太子的按摩中心比較，雖然不及中心那麼近地鐵站，但只要自己肯算便宜一點，相信也可以吸引顧客的。

素美盤算，客人光顧中心每小時付一百六十元，每次她只可以拿到六十四元，如果自己在家做按摩，就算每小時只收一百元，客人少付了，但自己依然多賺了，真是皆大歡喜！

但她也不敢貿貿然辭掉按摩中心的工作，她要先作試驗，看在家工作是否真的可行。於是她悄悄地跟幾個熟客説可以到她家做按摩，他們都説好，但真的上門光顧只有幾個男性熟客，可能女性比較害怕大角咀區，怕人雜，又怕要上四層樓吧！

肯到她家光顧的熟客，大部分都是從事體力勞動的工人，其中有一個叫阿邦，他是做電腦維修的，人很沉默，他告訴素美電腦維修時經常都要將電腦搬搬抬抬，所以也令人挺疲累的。

素美搬進大角咀的唐樓個多月，最不習慣的還是那區確實治安不好，她曾經有兩次差點在樓梯間被人打劫，幸好剛巧有人經過，才幸保不失。

素美每天下班回家也會在對面的粥檔買牛肉粥、牛肉腸粉回家吃，因此和檔主熟稔了，檔主吉叔每次見她晚了下班，也會叫送外賣的阿圖送她上樓，吉叔說：

「你一個女仔上樓危險啊！被打劫事小，遇上色狼就事大了，你的雙眼又看不到，人家要欺負你的啊！就當阿圖送外賣到你家吧！」

阿圖是一個二十多歲的年輕人，書讀得不多，卻很健談活潑，送素美上樓那一程，總是說個不停的。

這天，他對素美說：

「你這陣子穿的裙子很漂亮呀！是有什麼喜事嗎？」

素美羞答答地說：「沒有啊！」她心裏卻是甜絲絲的，因為阿邦這陣子常來光顧。這個沉默的男人，給人很沉實的感覺，他又不像其他客人般諸多要求，每次只是靜默地讓素美擺布，素美為他按摩，也是挺用心的。

他的肌肉沒有那幾個做搬運的客人那麼結實，卻擁有他們所沒有的柔韌。他的話不多，聲音卻是溫文有禮，素美常猜想，他到底是怎個樣子的呢？

可惜每次姊姊回來也遇不上阿邦，如果遇上了，素美一定會問姊姊他是怎個模樣。

這兩次阿邦打電話說要來，素美拿着電話的手也有點兒顫抖，實在是有點兒興奮。她請姊姊到旺角附近的商場為她挑了幾條裙子，要活潑得來又不失斯文的，姊姊說她是「十月芥菜」，女大不中留了。

素美刻意打扮得漂漂亮亮，阿邦來了，卻沒有讚美她，還是沉默的來，沉默的去，除了多付了十元小費外，一切如常。

素美沒有失望，她就是喜歡他的沉默。

有一回，在阿邦走了之後，素美追隨他下樓，走得太急，在樓梯間絆倒了，跌傷了膝頭。她走走跌跌地到了樓下粥店，阿圖看見她，連忙問她：

「素美，你怎麼跌傷了？有劫匪嗎？還是色狼？人在哪裏？我給你去追！」

素美問：「你看見剛才從樓梯走下來的男人嗎？」

「看見啊！他就是那個色狼？」

「不是呀！他是我的客人，他是什麼模樣的？」

「普通人一個囉！」阿圖說。

「他有多高？他英俊嗎？」素美追問。

「跟我差不多高吧！樣子還不及我那麼好看呢！」阿圖說：「怎麼？你追下來弄傷了就是為了要問我他的樣貌，難道他就是你近來穿得這麼漂亮的原因嗎？」

素美笑而不答。

「反正你也看不到，你管他的樣貌如何？」

素美答：「他的樣貌不怎麼樣就好了，要不然，他怎會看得上我？」

過了一星期，阿邦又來了，素美覺得他來得密了，猜想他是不是為了想多見自己，她便鼓起勇氣問他放假有沒有空，他卻沒有回答。

有一天，阿圖送素美回家的時候對她說：「你的那個熟客呀，有一次來我們粥店吃粥，他付帳的時候，我看見他的錢包裏有一張他和一個女孩子的合照呢！他該是有女朋友的吧！」

素美聽了，心裏酸溜溜的，但她又想：「他的女朋友也許不及我溫柔呢！」

為了阿邦，素美還叫姊姊為她化妝，每次阿邦要來，她都打扮得漂漂亮亮。

這天，阿邦又要來了，素美一聽到門鈴聲，就飛奔去開門，門開了，卻聽見一把陌生的聲音：

「早知道你這個盲妹會胡亂開門的了！」

那人粗魯地把素美推進去，素美掙扎，突然手上感到一陣冰冷。

「我有刀，你再反抗小心我劃花你的臉！」那人呼喝。

刀子已架到她的頸邊，這時門外又有響聲：

「素美，怎麼不關門？」

是阿邦的聲音，阿邦來了，那人拿着刀子現身，阿邦一見有人拿刀，立即轉身跑掉了。

素美趁機打電話到樓下粥店，號碼剛按完，那人回來了，刀又架到她的頸上，逼她把財物拿出來。

拿了財物，那人還不肯走，他把素美按在地上，想扯開她的衣服。

素美拚命掙扎，忽然聽見大力撞門的聲音，還聽見阿圖大聲嚷：

「你快點放開她！」

那賊人即時放開素美，然後是兩個人扭打的聲音，好一會，素美聽到那人逃走了，阿圖焦急地問：

「素美你沒事嘛？」

素美忙問：「是阿邦叫你來的嗎？」

「不是呀！是我看見來電顯示你打電話來，但你一句話也沒說，我恐怕你出事，就馬上來看看！」

素美傷心得很，阿邦竟然不理她的安危，一見到賊人亮刀就嚇得跑了，連幫她報警也沒有，真是一個懦夫！

她聽見阿圖輕輕呻吟，原來他和賊人扭打的時候被割傷了，素美拿出繃帶、膠布來幫他包紮。

經過這一次，素美再沒有讓客人上來了，只安分地到按摩中心上班。阿圖擔心她的安全，連早上上班也要上來接她，下班時更堅持要在街口等她，送她回去。

素美漸漸感覺到阿圖對她很好，她開始想像：阿圖的模樣是怎樣的呢？他喜歡自己穿哪一種裙子呢？

阿圖對素美的關心，可說是完全出自真心的。他有一位表姐開了一間美容院，美容院地方大、熟客多，但人手不夠，表姐本來是既有為客人做美容，也提供全身按摩服務的，但客人一多，她就只可以做美容。

阿圖極力向她提議找素美來幫忙，表姐也贊成。表姐不是計較金錢的人，只說：如果她肯來幫忙，我也不會賺她的錢，只是為顧客多提供一種服務罷了！她只要分擔一點租金、電費就可以了。

素美便聽了阿圖的話，到他表姐的美容院幫忙。她和表姐日漸熟落，表姐還教她許多待人處事的道理呢！

素美很好學，除了為客人按摩外，又請表姐教她美容，素美因為自己愛美，所以對美容工作也很有興趣。

表姐對她說：「素美你看不見自己的樣貌，其實你的模樣是很清秀可愛的。」

素美不禁向表姐探問：

「那麼阿圖呢？阿圖的樣子長得怎樣？」

表姐說：

「老實說，阿圖的樣子不怎麼樣，他看上去傻兮兮的，又不大注意儀表，如果以世俗的眼光來看，他是配不上你的。但我從小看着他長大，知道他是一個善良真心的人，他幫助人是不計較、沒企圖的，別以為我是為自己的表弟說好話，說實在的，他真是一個信得過、靠得住的男人啊！」

素美聽了，含羞地笑說：

「我倒不是介意他的外表怎麼樣，只是自己看不見，有點好奇，很想知道這個自己關心又關心自己的人，是怎個模樣罷了！」

「只是關心這麼簡單嗎？我也很關心你啊！為什麼你不問問我是怎個模樣的？」表姐取笑她説：「大家都是女性，不要怪我老氣橫秋地教訓你啊！女子尋找伴侶，不要專挑那些外表好、口才好、只懂哄人的，要挑些平平實實、真正關心自己的。我也是過來人，從前沒帶眼識人，那男人在我患上大病的時候就跑掉了。而那種能和自己同甘共苦的人可不容易找呢！你要好好珍惜呀！」

素美忽然想起阿邦來，唉，自己當時為什麼這樣傻，他怎會是可以和自己同甘共苦的人呢！

想得入神，忽然聽見表姐嚷：

「素美呀，那個關心你、你又關心他的人，來接你下班啊！真羨慕你！」

素美聽見阿圖説：「你今天很累了吧！我們去打邊爐，好好吃一頓吧！」

不知怎的，素美覺得阿圖今天的聲音特別好聽。

三、門前亮着電燈那一戶

在唐樓來說，我們住的這一幢算是多單位的了，一梯有六伙，中間有一條長走廊，我們就住在樓梯口第一間。

其他唐樓，大部分是一梯兩伙，或者兩梯四伙，像我們這樣一梯有六伙的委實不多，媽子說：「多伙數不好，品流複雜啊！」

第一次感覺到這幢唐樓品流複雜，是走廊盡頭那一戶人家搬來之後。

我們都好奇，我們這層樓的走廊已經很光猛啦！為什麼新搬來的人家要在門口再裝一盞燈？而且，日頭白白也亮着燈。

還有，這裏雖然一梯六伙，但順着走由 A 座到 F 座很易找，為什麼他們還要在門上貼一個大大的膠牌子，寫着「北角春秧街九十八號四樓 F 座」呢？就算真的怕有人找不到，也不用連北角、春秧街也寫上去吧？找得上來的人，難道連這裏是哪個區、哪條街也不知道嗎？

這還不算奇怪，更奇怪的是，自從這一戶人家搬來之後，這裏多了許多陌生男人。

這些男人很奇怪，上了四樓，走到盡頭F座，有時會不按鈴，然後走樓梯到五樓，走一兩轉才再下來按鈴。也有一些站着、蹲着在門外等的男人……除此之外，也有些按錯門鈴的，那些也多半是男人。實在不明白，怎會一出樓梯口的就是F座呢？那些人是怎麼搞的？而且，為什麼找那一戶的人都是男人？

不久，終於真相大白了，樓下的白師奶說，在日報的風月版裏，刊登了「春秧街九十八號四樓甜甜學生妹」的廣告，這分明就是一樓一鳳的鳳姐了，但我見過住在裏面的女人，好像沒有三十也有二十幾歲，怎會是學生妹呢？

白師奶說：門口安裝的電燈是用來顯示裏面有沒有客用的，燈亮了就是有客，燈熄了就是沒客。怪不得這麼多男人在門口站着、蹲着等啦！

那麼想來這位小姐也真的其門如市，常見她門口的電燈也是亮着的。

媽子説：這裏樓下就是街市，從朝到晚也人來人往，自然多生意啦！説不定住在附近的男人，假裝落街買菜便走來光顧了，或者對老婆説落街買包煙，又溜了來這裏，也真是挺方便的，單是做街坊生意已經夠了。

照我看，到F座去的男人又不全是街坊，有穿了恤衫結領帶的斯文人，當然也有穿着拖鞋叼着煙的街坊，年紀由十八歲到七十多歲的都有。

也許有些真的是街坊，碰上我們的時候，他們會連忙低頭疾走，也有些很趣怪的，他們一出樓梯就假裝打電話：「阿炳呀？你住在哪一間？哪一座？快告訴我，不是三缺一等急了呀？」

説不了兩句，回轉頭望，我就看見他們按F座的門鈴，裏面的人笑意盈盈地開門把人迎進去。

媽子説：「真是世風日下，人心不古啊！真不知道哪裏來這麼多好色之徒！」

好色之徒可真多着呢！而且還有一些是熟口熟面的。上星期我就看到街市缸瓦舖的天哥鬼鬼祟祟地竄進去。

昨天，天哥又被我碰個正着，他連忙説要到樓上找朋友。

我把這事告訴媽子，媽子大大歎一口氣說：

「早陣子天嫂才開開心心地告訴我：『阿天他這個把月少到內地去啦！他修心養性了，誰說他包二奶呢？造謠的人真該打！這一來我可以安心為他多生個兒子了。』」

天嫂真的可以安心為天哥多生個兒子嗎？我和媽子很懷疑，也很擔心。

「好不好告訴天嫂去？」我問媽子。

「當然不好啦！『寧教人打仔，莫教人分妻』呀！以天嫂那種剛烈的性格，一定會跟阿天拚過，說不定會連累兩個小孩子。這年頭的人呀！動不動就帶孩子燒炭自殺！」

我們只能讓天嫂自求多福了。

漸漸地，在 F 座門口等候的男人一天比一天多，鄰居見風氣日差，都紛紛萌起搬家的念頭。E 座的麥先生、太太是第一家搬走的，我們正猜度新租客是什麼人的時候，竟看見電燈師傅在 E 座門口裝起一盞跟 F 座一模一樣的電燈來！隔了一天，又看見 E 座門口多了一塊寫着地址的大膠牌！

糟糕了，一定是F座的「小姐」見生意多，應接不暇，就擴充營業，招來多一個姊妹幫忙。

我們實在無能力搬家，也委實忍無可忍了，於是又報警又找區議員投訴，還找唐樓的業主立案法團商討對策。但業主立案法團主席說：「人家是拿正按摩牌照營業的呀！我們是沒辦法的！」

區議員安慰我們說會向上面反映反映，但他也是無能為力。警察呢，不錯，是多了在樓下巡邏，但也是無濟於事。

到最後，我把在雜誌社工作的朋友阿 May 找來幫忙，阿 May 在揭秘式雜誌工作，偷拍、跟蹤對她來說是家常便飯。

我不是真的要她採訪、報道，因為如果公開報道，把那些嫖客的照片曝光，可能會導致許多家庭破裂呢！

我只找她來假裝採訪、假裝拍攝，希望給那些嫖客一點阻嚇作用。

她來的頭一天就遇上了天哥，天哥見她拿出相機，就驚叫起來，我也乘機走出去，對天哥說：

「雜誌記者已經把你拍下來了，我可以叫我的記者朋友幫忙，不讓你的面孔曝光，但你可要修心養性別再來這裏！」

媽子也在旁相勸：「對呀！天嫂也有了第三個孩子，你當是為了她、為了孩子，別再尋花問柳了。」

之後，天哥真的沒有再出現了，我們又陸續勸阻了幾個街坊，但杯水車薪，我們這樣實在改變不了什麼，而且我們怕E座和F座的「小姐」們有黑社會勢力撐腰，漸漸就不敢再做什麼了。

唯有整天關上門，眼不見為乾淨，又或者多儲點錢希望能搬家吧！

對於阿May的幫忙，媽子歸納說：那也是好的，至少我們勸導過幾個街坊啊！

無奈地，也只好這樣寄望了。

有一天，住在D座的郭太太對我們說：

「我們一家明天要搬了。」

事出突然，我和媽子面面相覷，該又是因為門前亮燈那兩戶人家吧！

郭太太說：

「我當然相信自己的丈夫不會怎樣，他卻說感到很不方便，每次回家進這唐樓大閘，好像路過的人都會打量他是不是『尋芳客』，叫他很不自在。另外，我的女兒還小，上樓梯時常遇上那些男人，他們色迷迷地由頭到腳打量她，好幾次她是哭着回家的呢！至於我的兒子，他對這些事情非常好奇，時常打開門偷看那些按 E、F 座門鈴的人。我覺得很心煩呀！」

我們也很明白郭太太的苦衷。

郭太太續說：「那些『小姐』真是害人不淺，我跟天嫂相熟，她曾說她也多少猜到阿天在這裏幹的好事，氣上心頭時就想帶着子女離開他，但他說肯改過，才放他一馬，當是為了子女也好，給他最後一次機會也好……」

媽子聽了說：「有時候，做男人的也要負上責任，要對妻子、兒女負責任！真正是好丈夫、好父親的，必定要把持得住，學郭先生一樣。」

郭太太又說：「你們可以放心，我一定不會把房子租給E座、F座那一夥人的。我打算把房子租給我的遠房親戚，雖然這裏居住環境不好，但他們兩個老人家也不介意，我算便宜一點給他們好了……」

郭太太一家搬走後，我們的老鄰居已所餘無幾了，我真痛恨E座、F座的人。

但其後，發生了一段小插曲，令我們對E座、F座的人有點改觀。

一個深夜，我被急促的拍門聲吵醒，打開門，看見F座的「小姐」一臉慌張地說：

「請讓我進來！我被人打劫！」

我還在猶疑，媽子已開門讓她進來，「小姐」臉上一塊藍、一塊紫的，媽子問她：

「你受的傷不要緊吧？」

「小姐」驚魂未定地說：「我被打劫了，客人光顧後不肯給錢，還打我，搶了我的金錢、首飾……不瞞你說，這已是三個月來的第二次了，只是不敢報警……」

媽子左勸右勸，認為為了她自己也好，為了這舊樓的治安也好，也必定要報警的，「小姐」終於答應了。

如是者擾攘一輪後，天亮時我們才由警署返家，「小姐」向我們道謝，還禮貌地說：「以後我會儘量不騷擾大家的了。」

怎樣可以不騷擾呢？不做生意可以嗎？

還是媽子做人厚道，她說：「這些『小姐』的身世也許很坎坷，總之是社會的問題啊！我們恨她們也沒用，生活中有很多事情是需要忍耐和體諒的。」

我們回到家，關上門，看着對面再亮起來的小燈，只可以苦笑。還有，我慶幸自己有一個寬宏大量又懂得忍耐的母親。

四、唐樓書店的友情歲月

已經記不起那時他們為什麼要開一間書店。

那是我們讀大專的最後一年，五個男孩子，每人湊兩萬元合資開一間書店。

至於他們是為什麼開這間書店的呢？

肯定不是為了興趣吧！印象中，他們雖然都是讀中文系，但當中沒有一個是真正的愛書人。

也許是因為你一句我一句胡言閒聊，就起了這個念頭來。

也許是因為那時我們常要回大陸買簡體字的便宜書，那是老師們指定要買的參考書，我們嫌香港書店賣得太貴，幾本書就耗掉我們做兩天兼職所賺的錢，於是就拉隊到廣州的書店買便宜書。那裏的書，比香港的便宜好幾倍。也許因為這幾個男孩子看到有利可圖，就想到要開一間書店，五個人輪流到廣州買便宜書回香港，然後標高三、四倍價錢轉賣出去。那時確實有許多書店是這樣經營的。

還有一個原因，也許是他們其中一個，到旺角洗衣街的南山書店買書時，跟書店老闆聊起來，知道他要把書店頂讓，便心思思想要把書店接手過來。

暫且不再追究他們開這間書店的原因，總之，在大專畢業前幾個月，我的幾個同班男同學，合資開了一間小書店。

他們知道我愛書，籌組書店班底的時候，其中兩位發起人第一時間便問我要不要入股，由於我不像他們一般可以問家人借錢，也對他們開書店沒信心，所以婉拒了。但為了表示支持他們，我也有出錢出力，我把自己僅有的四千元積蓄借出，還答應有空時為他們看舖。

亂哄哄的搞一番，書店快開張了，他們才張羅為書店取名。我覺得原來的名字「南山書店」很好呀！一方面它有老顧客，另方面它這名字源出陶淵明詩句「採菊東籬下，悠然見南山」，很有詩意呀！第三方面因為我自小住在旺角，常光顧這間書店，對這名字很有感情……

但因為我不是股東，沒有發言權也沒有決定權，他們認為新搞作就要有新名字，於是去找當時的聲韻學老師，博學的老師只想了一秒鐘，就說：

「既然你們有五個股東，書店就叫五車吧！取其『學富五車』之意。」

雖然後來他們又即興找來一個師兄加入，變成有六個股東，但他們也沒有把名字改成「六車」。開張前，那位老師還題了「學富五車」的橫匾，讓他們掛在書店最當眼的橫樑上。

就這樣，六個大專男生每人拿出兩萬元，合共十二萬作為資本，花了五萬元作頂讓費，另五萬元入貨，剩下的兩萬元作流動資金，就開始經營這間書店。

但誰來看舖呢？他們可沒錢僱員工呀！他們可想好了，因為書店開張不到一個月我們就畢業了，他們商定由其中一人全職看舖，而我呢？因為我的第一份工是保險經紀，一有空就來幫忙。

負責看舖的叫阿 Ben，是六個股東中和我比較要好的，他和我跟另一個叫斌仔的，合稱「水槍三人組」或

「水槍會」，那是因為某次宿營我們組成一隊，用水槍戰勝了其他同學。

這間五車書店就在旺角的洗衣街，同一條街上還有另外兩間書店，可說是成行成市的好地點。

書店在一幢小唐樓的三樓，一梯一伙，共三層三伙，每層約一千呎面積。第一層是貨倉，第二層是工廠，都已經荒廢了，第三層就是書店。

可以說，平常整幢樓只有這小書店有人，另外兩層彷彿是死寂的。

這幢小唐樓還有天台，天台除了水箱、天線之外，還有一個用磚砌成的百呎小房間，充當書店的貨倉。

五車的股東們把小房間清理好，讓阿 Ben 可以留下來過夜，而且他們剛開始也實在沒有多少貨物要存放。

阿 Ben 家住葵涌，每逢點貨晚了，或是大清早要收貨，他才會留下來。

後來，住在這小房間的竟然是我。

我在讀大專時，家裏只有我和姐姐，後來姐結婚了，我不好意思跟她一塊兒住，就和幾個同學在學校附近租屋住。後來畢業了，同學都搬回家去，剩下我一個人無家可歸。

阿 Ben 知道我的情況，就提議：「不如你搬到我們天台的小房間住吧！」

但除了他和斌仔以外，其他人都不贊成，他們七嘴八舌地說：

「一個女孩子住在這裏，很危險啊！阿 Ben 又不是常留在這裏。」

「如果阿 Ben 留下來就更危險，孤男寡女呀！」

「對呀！而且燈油火蠟水電費也會用多了呀！」

「又不好意思要你交租，但不收租我們又不高興……」

他們你一句我一句的，令我也打消了念頭。但是阿 Ben 力排眾議，他說：

「她借了四千元給斌仔入股，也算是一個小股東呀！而且她一有空就來書店幫忙，比你們任何一個都要勤力，你們一沒空就找她來做替工，現在人家無家可歸，你們卻不肯伸出援手，房間反正是丟空的呀！而且她一個女孩子，可以用多少電多少水呀！」

最後，其他股東也勉強贊成了，我就搬進了書店天台的小房間。

頭幾天，阿 Ben 知道我怕黑怕生，就留下來陪我，他在下面書店打地鋪，叫我怕黑時就下來找他聊天。斌仔和他又帶我去買日用品，我們三個就像親人、兄弟姊妹似的。

就算阿 Ben 不留下來，他和斌仔也會陪我吃宵夜，然後才送我回去，好叫我不覺得冷清。

當然，我知道自己總要學會獨自一人面對生活。往後的日子，我都是一個人留在書店天台的小房間內。

我把房門重重鎖上，又亮着房內的兩盞燈來睡覺，頭幾個晚上都睡不着，怕賊又怕鬼，常常是睜大眼睛等天亮。

後來漸漸習慣了，也能睡了，但整幢樓房只有我一個人，還是有點害怕的。有時候遇上颱風，行雷閃電，又或隱約聽到樓下傳來怪聲，我就不敢睡，這時候我就會到下面書店，亮起所有燈，拿來幾本書，邊踱步邊大聲唸誦來壯壯膽。

因此，那時候竟因為怕鬼怕黑而唸熟了許多書。

在那裏住了不夠三個月，因為發了薪水而有了點積蓄，我就搬走了。

然而，不能忘記那怕黑怕鬼深夜以書為伴的歲月，不能忘記阿 Ben 和斌仔的友情。也因此，唐樓、書店等等，在我的腦海中，就是和友情、溫馨等等連在一起的。

輾轉許多年之後，我和幾個朋友在旺角的另一端——通菜街的唐樓，也開了間小書店，也是在三樓，只是，沒有住在書店裏了。

開這間書店的目的，是想讓它成為一個朋友相聚的地方，成為一個愛書人在寂寞時與書為伴的地方。

每一趟，當我獨個兒在書店看舖，就會回憶起在洗衣街「五車書店」與書為伴的歲月，和那段溫馨的友情歲月。

今天，看着書店裏一行一行排列整齊的書本，在微暈的燈光中，腦海又再浮現起那段友情歲月中最令我懷念的一段：

那是我的生日，斌仔對我說：「對不起，他們都忘了你的生日，我相信沒有人會為你慶祝的了。」

看着我失落的表情，他對我說：

「這樣吧！我們去行街購物，看你喜歡什麼，我買給你作為生日禮物吧！」

那天，我們在書店附近的街上逛了近一小時，我也毫不留情地讓斌仔花了數百元。

「夠了吧！我已經沒錢了，你也滿足了吧！我替你把這些東西拿回書店去！」

雖然手拿着禮物，但沒人為我慶祝，多少還是有點落寞。

回到黑漆漆的書店，累極的我正要亮燈，全店的燈竟自動亮起來。

阿 Ben 拿着點滿蠟燭的蛋糕在我眼前出現，他身後還有一班同學。

原來，斌仔説要和我逛街，是為了給時間阿 Ben 他們買食物和佈置。

斌仔放下了滿手的購物袋，急忙大嚷：

「她呀！毫不留情地花了我五百元，我這個月的午飯錢都沒有啦！你們快些湊回給我！」

阿 Ben 説：「你呀！做戲也不用那麼逼真，帶她去女人街買條牛仔褲嘛！誰叫你帶她去買波鞋，又手袋又化妝品的……」

「你不在場，才看不見她知道沒人為她慶祝的時候，樣子多麼可憐呢！我不忍心嘛！誰知道她真的這樣花錢不留手的。」斌仔取笑我。

看着蠟燭上微暈的燭光，我太感動了，眼睛濕潤起來，他們開始為我唱生日歌……從那時候到現在，已經十多年了，阿 Ben 已經結了婚，家庭幸福；我也經歷了幾次失戀，也是多得他們的安慰和支持才度過的；斌仔連番創業失敗，為了幫助他，我們也有過一些金錢糾紛，但金錢糾紛怎也磨蝕不了真正的友情。

我在自己的書店中隨手拿起一本書，今年，我的生日又快到了，如果那天可以找來斌仔、阿 Ben 敍舊，談談這些年來的變遷和感受，再「豪情夜話」一番，那定會是最好的生日禮物，也是這些年來奔波、飄泊生涯中，一段最好的憩息時分。友情，是倥偬人生中，一個很好的心靈加油站。

五、殯儀館對面的小唐樓

最初租這房間的時候，我是想給熙一個驚喜。

他常投訴我住的 Mini Hall 不方便，他想留下來過夜也不成。於是，大學畢業之後，我打算自己搬出來住。

由大埔乘火車到達紅磡總站的時候，我想起曾聽過人說紅磡、土瓜灣那邊的房租便宜，於是，我就決定到附近看看。

由地產代理帶領，看了幾個有電梯的單位，實用面積只有二百幾呎，租金卻要四、五千元，就算我將來找到工作能夠支付租金，現在我可沒錢付按金、上期、代理佣金啊！何況現在的失業率又這麼高！

「那你試試找套房住吧！」地產代理說。

他告訴我，所謂套房，就是將一個大住宅單位間成幾個小單位，每間都有門，甚至有鐵閘，單位裏面也有小廚房和洗手間。這些套房單位的面積有大有小，在七、八十呎到百多呎之間。

地產代理帶我看了幾個套房單位，都是不足百呎的單位，雖然有洗手間，但不實用，很狹窄，而且可能品流複雜，我想阿熙一定不喜歡我住在這裏。

我想，租金也要三、四千塊呀！多加千多塊錢就可以租一個獨立小單位了。

地產代理看我左右不滿意，眼見佣金要泡湯了，就拚命查看電腦，又苦苦思量。

「有了，我找到最適合你的了！」最後，他興奮地嚷起來。

他帶我到紅磡曲街，這條街就在殯儀館的附近，看見我有點躊躇，他便説：「你們年輕人不會計較這些吧？不迷信就行了，況且這附近幾條街的租金特別便宜嘛！」

他帶我走到一幢唐樓的樓梯口便停下來，我嚷着：「哇！是唐樓嗎？」

「唐樓也沒什麼不好呀！先上去看看吧！」

我氣喘吁吁的跟他爬上了五樓，他按門鈴，有一個約莫四十多歲的男人來開門。

這個原本七百呎的大單位，是屬於這個男人和他弟弟的，他們把單位間成兩份，哥哥一家人多，佔了五百呎，另外百多二百呎便是弟弟的了，各自有獨立的小廚房和洗手間。後來弟弟也成家立室，地方不夠用，便搬出去了，他就將這一半單位出租。

這半獨立的單位比之前看過的套房要大，足有百多呎的空間，我想熙也會認為夠用吧！

但美中不足的地方，是這裏兩個單位不是完全獨立的，它們只是用木板間隔起來，雖然大家都有自己的房門，但由於中間沒有磚牆和鐵閘阻隔，感覺不是實在的兩個單位，熙會認為不夠私隱嗎？

「這裏啊！足有百多呎，租金才二千五，可便宜啊！業主可是不太計較錢的啊！」

才二千五？我那一萬元積蓄便夠付按金和代理佣金了，還有一千元剩下來買牀和傢俱呢！

就這樣我把這半獨立的唐樓單位租了下來。我把珍藏海報貼滿牆壁，用一千元買了最便宜的木牀和櫃，就算是簡簡單單佈置好了。

在一切佈置妥當後，我才告訴熙，我想給他一個驚喜。

但他在電話中聽到了好消息後，並沒有特別興奮，他只是説：「那好啊！過兩天我來看看。」

還要過兩天？我以為他會急不及待地立即來看看——這個我和他的小天地。

當初他追求我的時候，可不是這樣的。

我和他半年前在同學的生日會上認識後，每天他都在學校門口等我放學，同學取笑我們，甚至常常戲弄他，他也不介意，他説因為天天都想見到我。那時我和幾個同學住在 Mini Hall 裏，他常叫我搬出來跟他一塊兒住，但那時我們才認識了兩三個月！

但最近他沒有再這樣提議了，我想大概是因為被我拒絕多了，他沒勇氣再提吧！

他不再提，我卻一聲不響租了這小單位，這一定會令他驚喜，我們終於有自己的小天地了！但他怎麼一點也不興奮呢？也許是他今天工作太累了吧！

為什麼這些日子我常常要為他找藉口向自己解釋？難道，難道他對我的感情真的已經由濃轉淡了？

是我太多疑吧！

熙在一個不用上班的週末，終於來了。

他走完那五層樓梯，一看見我就抱怨：

「單是走這五層樓梯已累死了，早跟你說不要貪便宜租這些舊樓呀！」

走進房間裏坐下來，他沒看一眼房間的佈置，就嚷着：「渴死了，有沒有喝的呀？」

我拿出剛買的可樂給他，因為沒冰箱，怕飲品擱久了不再冰涼，我是特意在他到達前的十分鐘跑下去買的。

他喝了一口就說：「這汽水怎麼不凍的？」

然後四周看一看，說：「原來這裏連冰箱也沒一個！你怎麼不租那些連傢俬、電器的呢？也貴不了多少呀！你一定給地產商和業主騙了！」

我想起要搬進來時業主先生的禮貌對待和種種幫忙，便很想向熙解釋幾句，但他的批評還沒有停下來呢！

推開窗，他叫起來：「你看呀！這裏對正兩間殯儀館，風水差極了，怪不得你這陣子老是鬧情緒！」

我心裏想：我鬧情緒是因為你在我搬了新居個多星期後才肯來，和風水可沒關係。

熙把我花了許多天佈置的新居批評得一無是處。我還要苦苦懇求，他才肯留下來陪我。

之後，他一星期都沒有來過，甚至沒有給我電話，我打去找他，他就推說工作忙。

我一個人常常胡思亂想，是因為他不喜歡這裏嗎？真的是因為這裏風水差，令我們的感情也受了影響？還是別有原因？

後來，我厚着臉皮回家向哥哥借了錢，因為積蓄已用得七七八八了，我想買一個冰箱，希望可以令熙喜歡這裏多一點。

哥哥問：「既然你的經濟有問題，不如搬回來住吧！我和你嫂嫂執拾好了小房間，該夠你住的。」

爸媽去世之後，只有我和哥哥相依為命，哥哥結婚之後，我就和幾個大學同學租屋住，實在不想負累他。

「不了，我在那小唐樓裏住得很舒服。」

真的舒服嗎？我一個人在那空蕩蕩的舊唐樓裏面，夜裏躺在牀上瞪眼看着那高牆上的一道道裂痕，常常做噩夢。在那唐樓特有的高樓底之下，我感到特別空虛、寂寞。當想起外面是殯儀館，心裏更是驚慌可怖。

其實我也會因為附近有殯儀館而害怕，只是當初以為熙會搬來一塊兒住，或者至少會常來陪我，可是，事實並不如此。

我不能再這樣孤清清下去，往後的一個星期，我和熙展開了冷戰，沒再打電話給他，一心希望他發覺到我的不滿就會更着緊我。

只是他好像壓根兒已忘記有我這麼一個人存在，已經第十日了，他都沒有找我。

我終於按捺不住要打電話給他，這兩天我患了重感冒，聲音也沙啞了，我希望他聽到我的聲音會憐惜我。

「喂喂……」我戰戰兢兢地。

「Shirley 嗎？這麼晚才打來，我等你的電話一整晚了。我還以為你跟平常一樣七點下班就打來，為什麼今天這麼晚？」

我掛了線。幸虧這個叫 Shirley 的女子今天還未打電話給他，否則，我不會知道熙已經跟一個叫 Shirley 的女孩子走在一起了。

他連我的聲音也辨認不出來，或者他真的壓根兒就忘了有我這麼一個人存在。

愛情真的是來得快，去得也快嗎？

我為熙買的冰箱放滿了啤酒，我每晚睡不着的時候，總是連飲五、六罐。有幾次，業主先生、太太聽見我酒後的哭嚷，走過來拍門，但我沒有理會。

某天早上，業主太太對我說：

「喝太多酒會傷身啊！是失戀嗎？別老把自己關起來，可以找家人朋友傾吐啊！我也是過來人，你找我談談也可以。」

實在不想連累好心腸的業主夫婦為我操心，再這樣下去，恐怕他們會擔心我做出傻事呢！

我勉強打起精神，每天打二十封求職信求職，又找朋友借來面試穿的套裝，在一個月之後，終於找到了在小出入口公司當秘書的工作。

找到工作後，我總是儘量留在公司裏超時工作，但夜裏留給自己的還是無盡的空虛。

哥哥為我擔心得不得了，這我是知道的。某天下班回家，看見他在業主夫婦那邊，跟他們在談什麼，看見我回來了，哥跟我說：

「已經給你付了這個月的租金，你還沒出糧吧！我已告訴業主先生，你下個月不續租，你這就執拾好東西，我們回家住去。」

哥哥不理會我反對，着嫂嫂幫我執拾行李，原來他們已經約好了貨車，就泊在下面。

我悶聲不響坐在車裏，良久，才問哥哥：

「是業主夫婦告訴你我常喝酒、哭叫嗎？」

嫂嫂拍拍我的膊頭安慰，哥哥只是會意地對我笑說：

「怎會呢！是因為這裏風水不好呀！這裏有殯儀館，風水太壞，我的朋友熟悉風水，說我有家人住在這種地方，會連累我的運道！所以算是幫我忙、為我好，你搬回來住吧！」

哥哥在為我找下台階，令我暖在心頭。我拿着行李，頭也不回地跟他們離開了這幢小唐樓。

回到哥哥的家，他和嫂嫂也是住在小唐樓裏，但這裏有業主立案法團，管理得很好，樓梯、走廊的地板刷得亮麗，燈火通明，我想，在這裏開展新生活會是一個更好的開始。

嫂嫂帶我走進為我執拾好的小房間，哇！黃色綴有小黃花的窗簾布，還有像青草地一樣的花布牀單，牀旁邊有一張小書桌，書桌上有一盞小熊維尼桌燈。

這一定是嫂嫂佈置的，哥哥大概不懂女孩子的喜好吧！

我衷心的説：「嫂嫂，謝謝你。」

她拉着我的手説：「不瞞你説，其實最初我也有點抗拒有人闖進我和你哥的二人世界，但看着他為你擔憂的樣子，我又委實不忍心。後來答應了他，看見他開懷的笑臉，我就覺得這是值得的。愛一個人，當然希望他開心啦！而且，我回心一想，如果那是我的妹妹，我也會一樣擔心，一樣希望丈夫能接納自己的妹妹，讓她住進來。」

我緊緊拉住嫂嫂的手，小時候，我曾經因為她搶走我唯一的哥哥，令他背棄了對母親説要照顧我的承諾，而恨過她一陣子，但如今，這麼多年之後，我終於明白，除了哥哥，我還有另一個親人——嫂嫂。

原以為跟他們住在一起，在生活上會有很多不便，誰知嫂嫂待我就如她的妹妹一樣，無論是生活上或是一些人生的問題，我也可以跟她談，向她請教，這對沒有親姐姐的我，是一番新鮮又受用的經驗。

那天，當我再接到熙的電話，他說他還有一本書留在我那裏，要向我討回時，拿着手提電話的我百感交集，不禁有了幻想，這是他找我復合的藉口嗎？是他和那個叫 Shirley 的女孩子已經分手了嗎？

坐在旁邊的嫂嫂聽到我們的對話，猜到一、二，她伸手拿過我的電話，把它掛斷了，然後對我說：「我叫你哥哥明天為你買一部新電話，換一個新電話號碼好嗎？」

我看着嫂嫂關切的眼光，不禁淚如泉湧，我擁着她哭了。

多謝哥哥，為我找來這一個柔軟可倚靠的肩膊。

六、天台木屋的四位女性

童年時我住在旺角黑布街的一幢天台木屋裏。

那是一幢四層高唐樓的頂樓，上面除了水箱、天線之外，還有約一千呎的地方，這一千呎的地方，劃分四個房間，住了四家人。其中兩家人的房間較大的，有百多呎，另外兩家的較小，佔地不足一百呎。

我們家住的房子是較大的，百多呎的房間，卻住了九個人，擠得不得了。

我們隔壁的一家，住的是最大的房間，大約有二百呎，住了七個人，擺放了碌架牀，中央還有空位可以充當小廳呢！這在當時的四家人裏面，他們家是挺令人羨慕的。

另外兩個不足百呎房子的兩家人，一家是二姑婆和她的孫兒成仔，另一家是好姐和她的丈夫。

這可是兩個頗奇怪的家庭。

二姑婆已經七十多歲了，她的兒子是在土瓜灣開涼茶舖的，本來她可以安享晚年，但她和媳婦相處不來，就自己買了這天台小房間住，後來兒子怕她悶，就把孫兒寄居在這裏，説一方面讓二姑婆有個伴兒，另方面因為夫婦倆工作太忙，讓二姑婆幫忙照顧孩子。

二姑婆十分慳儉，她為了不讓自己成為兒子的負累，堅持不要兒子給的錢，只用自己的積蓄過活。她到街市去拾爛菜回來做餸，又請茶餐廳的人送她麵包皮做早餐，就連鄰居丟棄的芒果核，她也拾回來洗淨曬乾，説可以用來做藥材。

因為二姑婆太慳儉，她在發育時期的孫兒成仔便皮黃骨瘦，像營養不良似的，叫父母看了心疼。

我説二姑婆這一戶人奇怪，是因為她家開店舖，對於住天台的人來説算是富裕的了，但因為她慳儉和固執不肯要兒子的錢，她家便顯得比其他三家人更寒傖。

住在二姑婆隔壁的是好姐一家，同樣是奇怪的一家人。

好姐是個大胖子，足有二百多磅重，她樂天開朗，屋子裏常聽見她爽朗的笑聲。好姐在酒樓做清潔女工，她的丈夫是在茶餐廳送外賣的，兩人都是勞苦的低下層工人。

說好姐一家人奇怪，是因為她的丈夫黃先生隔天才出現，譬如每星期的二、四、六在家，一、三、五、日卻不見他。

年幼的我不明白，後來常聽到家裏長輩之間的談話，才慢慢明白過來。

原來黃先生有兩個太太，他要分身應付兩頭住家，二、四、六就留在好姐身邊，一、三、五、日就往第二個太太家裏去。

那麼好姐是破壞別人家庭幸福的第三者嗎？才不是，原來她才是「大婆」呢！好姐和黃先生在家鄉結婚，好姐婚後幾年都沒法懷孕，後來黃先生來了香港，娶了另一個女人，那個女人卻替他生了幾個兒子。

好姐從鄉下來香港時知道了，也並沒有發難，誰叫自己是鄉下人，又沒有能力為丈夫生兒子呢！因為那女人生了兒子，反而佔上風，所以每星期她比好姐多見丈夫一天。

聽説好姐從前是十分清秀漂亮的，可能因為她沒心情注意外表，最後才變得這麼胖吧！

善良的好姐對丈夫另一個女人的兒子卻十分好，她不爭名分也不爭風呷醋，説她開朗，可能是因為看透看化了。

説這家人奇怪，除了黃先生只隔日出現外，還有因為童年的我總不能明白，為什麼矮小而其貌不揚、又只在茶餐廳送外賣的黃先生，竟然可以吸引兩個女人為他死心塌地呢？

至於我們一家嘛，跟二姑婆、好姐一樣，也是以女人為主的家庭，因而有以女人為主角的故事。

我們的九口之家，是由兩個辛勤又命苦的女子支撐起來的。父親早逝，母親守寡養育我們；還有在戰爭中跟丈夫失散的姑母，仗義和母親一起肩負起撫育我們的責任。

姑母和媽媽在酒樓做粗重的清潔工作，薪金微薄，只能勉強負擔我們的生活。我們的童年，是沒有玩具沒有新衣沒有電視電話的，但在兩位偉大女性的無私付出裏面，我們活得很快樂。

該談到最後一家了。這一家是周先生、周師奶和他們的四個女兒、一個兒子。他們家的房子最大，也最富有。

他們家有許多其他家沒有的東西，例如電話，其餘三家人都要向他們借用，且要對他們千多萬謝，還要看他們的臉色，若講電話超過一分鐘就會被催促收線。

他們家也有彩色電視機，天台的孩子們常聚在他們家門外偷看電視節目，但總是一下子就被他們砰一聲關上大門趕走。

這家人是以什麼維生的呢？他們可說是不務正業的。周師奶每天找人回來打牌「抽水」，周先生嘛，他是做外圍馬的，整天有各色閒雜人等來買「馬纜」。

這不務正業的一家人，卻因為賺到不義之財，而在四家人中顯得最奢侈、最驕傲。他們家的孩子常欺負我和姊姊，周師奶嘛，更是在四家的女人中聲門最大的一個，在四家人共用的廚房裏，她一走進去，其餘三家的老少女人也不敢用廚房。甚至連曬衣服，她也霸佔了天井的最佳位置，若其他三家的女人把衣服晾在附近，她會一聲不響地把人家的衣服扔掉。

周師奶的穿戴食用也是四家的女人中最豪華的，她彷彿是貧民窟中的貴族。

童年的我，常常羨慕他們一家，羨慕他們家的孩子有電話用、有彩色電視看、有玩具、有新衣服穿，還有一個衣着漂亮，令其餘三家女人相形見絀的媽媽。

隨着身量與智慧的成長，我才漸漸明白，這家人的孩子，一點也不值得人羨慕。

這唐樓天台四個家庭的女人，其中三個都沒有好下場。二姑婆活不到八十大壽就病死了，死後兒子在她的牀底下發現十多萬積蓄，可憐她住在天台這十多年來，卻一分一毫都捨不得花。老弱多病的原因，兒子聽醫生説，是因為長期營養不良。

好姐在二姑婆死後不到一年也去世了。在我為預備高考捱通宵的清晨五點鐘，黃先生焦急地來敲我們家的門，説好姐在睡夢中突然心口痛，全身抽搐得厲害。

我馬上為他打電話召救傷車，救護員很快來了，但要把好姐二百多磅的身軀放上擔架再抬下五層樓梯，委實很不容易，足足折騰了半小時，到了醫院，她已經沒救了。

輪到説我們家了。母親為養育我們，辛勞大半輩子，在四十八歲那年，也因積勞成疾，患癌症死了。那一年，原本她是打算退休享清福的。

四家人的女人裏面，以周師奶的運道最好，她沒病沒痛，還繼續富泰下去。

姑母對我説：「你看看周師奶，誰説『善有善報，惡有惡報』？辛苦捱死一世有什麼用，早該學他們家一樣，開賭抽水做外圍馬，反而闔家平安、富貴吉祥……」

我聽了這一番話，沉吟無語。我為童年羨慕過周師奶的一家而汗顏，卻為有一個一窮二白但俯仰無愧的母親而驕傲。母親、二姑婆、好姐也是當時低下階層勤儉善良女性的代表。相比起終日穿得花枝招展恃勢橫行的周師奶來説，是可敬可愛多了！

猶記得在家庭環境最困難的時候，有一戶人家肯出錢買我家弟兄姊妹中的一個回去養，説可以令媽媽少養一個孩子，得到的錢也可以幫補生活，但媽媽和姑母堅決拒絕，姑母説：

「我的弟弟已經不在了，生活再苦，我也要守住他的孩子，照顧他的孩子。」

母親也說：「錢買不到親情，每一個孩子都是我的骨肉，怎樣辛苦我也會把他們撫養大的。」

也常常有工友勸媽媽去申請綜援金（那時叫做公援金），他們說：

「家境比你們好的人也申請到呀！你只要把外出工作的情況瞞過去就可以的了，你家孩子這麼多，你又沒丈夫，一定可以申請到很多錢的，到時你就不用這麼辛苦工作啦！」

媽媽當時皺了眉頭，咬緊牙關說：

「一天有工作能力，一天我也會捱下去，我不想做大食懶，不要給孩子樹立一個壞榜樣，更不能隱瞞事實欺騙政府！我還可以工作，一家人互相支持，生活就易過了，公援金留給那些更有需要的人申請吧！」

我升上中學以後，開始申請減免學費。到中三那一年，兄姊都出身了，他們也有收入，經濟改善了，媽媽便對我說：「由今年開始，你不要再向學校申請減免學費了，我們自己應付得來，把那些名額留給有需要的同學吧！」

那時候，有許多父母雙全、家境比我們好十倍的同學，也是因為貪便宜，而隱瞞財富申請減免學費的。

媽媽離世的時候，她的銀行戶口裏只有二千元。這個辛勞一生、用自己的勞力去換取生活、不偷不騙不貪財的女人，遺下來的，卻是給子女樹立的做人榜樣。

至於周師奶的子女，其中幾個也學習了她的貪財榜樣，據說，她的兒子也跟從他爸爸從事外圍馬，甚至賭波集團的勾當。有街坊在街上碰到她的兒子，他竟馬上向人家借錢，說是借了財務公司的錢，正被追得很緊……我沒有幸災樂禍他們一家得到不好的下場，只是慶幸我們在媽媽和姑母的熏陶下，學習到一個道理：「富與貴是人之所欲也，不以其道得之，不處也；貧與賤是人之所惡也，不以其道得之，不去也。」

七、露台對面的阿和姐

這間小唐樓單位，我和他一看就愛上了。

我本來住在觀塘，往鰂魚涌上班。每天踏出地鐵車廂後，要走很長的路才走出車站，那十分鐘的路程真磨人，我可不需再減肥了。

下班時路過附近一間小地產公司，順便瞄了瞄，咦，五百呎的房子才租五千塊？

我是約了他，但時間還未到，便找地產代理帶我看看房子，消磨一下時間也好。

地產先生帶我經過許多快餐店、洗衣舖，然後在一家小食店旁的入口拐了進去。

這是位於鰂魚涌禮信街和七姊妹道交界的七層高唐樓，附近有許多車房、洗車中心之類，環境不能説好，也許這就是租金便宜的原因吧！

哎呀！這舊唐樓的大門鐵閘全生銹了，一個個鐵信箱橫七豎八地吊在樓梯旁的牆壁上。樓梯也全是崩的，走不到兩步，我還差點一腳踏進一個紅色的膠桶裏去。

見鬼了，在路中心放個膠桶做什麼，想摔死人嗎？原來是水喉漏水，一滴滴地滴在樓梯中間，所以找個膠桶放着。

我罵：「這種地方怎住人？」

地產先生說：「這裏呀！管理費便宜，一個月才八十塊，這就可以抵銷掉一切不滿了。」

爬了三層樓梯，我已經想放棄，氣喘呼呼地問地產先生：

「到底是幾樓？」

「五樓呀，快到了。後生女，怎麼這樣沒耐性，我已經五十幾歲了，也沒你喘得厲害！」

我聽他說我「後生女」，就不好再發作了。

歷盡艱辛才爬上了五樓，地產先生掏出鎖匙開門，「請進！」他讓過身子。

我走進去，哇！好大的房子，人們說唐樓實用率高，真的沒錯。

裏面間開了兩房一廳，都重新髹上了淡紅色油漆，也算十分雅潔。

不得了，它還有露台！走到大廳的盡處，有一個向街的露台，雖然只看到對面的大廈，沒有街景、海景等，但對我這個從沒住過有小露台房子的人來說，小露台的吸引力可真大！

我幻想和他一起種花、看月色的情景，雖然未必真的看得見月亮。

「五千塊月租，可以便宜點嗎？」我轉過身來問地產先生。

「四千八吧！一毛錢也不再減了。」他說。

我本來只是隨便問問，其實五千元月租我也可以接受的。

「你肯定嗎？用不用問問業主？」

「不用，我跟業主很熟的，我説行就行。」他篤定地説：「如果合意就落訂吧！這個業主人很好，一定沒問題。」

「我想帶一個人來看看才決定。」

「你先生？」

我臉紅地搖頭，説：「男朋友。」

他會意地笑了笑，説：「那幾時來？要快啊！這房子可是很搶手的。」

「馬上就來，我約了他在附近，一會兒再到地產公司找你。」

別了地產先生，我就去找他，原本我們約了在附近吃飯，現在，飯也不吃了，我把他拉得一步一跌的，拉他爬上唐五樓看房子。

我們實在是天生一對，他和我有同樣的品味，也是看一眼就喜歡定這房子，我們決定租下了。

我們到地產公司落訂，地產先生說：「我代收就可以了。」

但因為我們堅持要見業主，幾分鐘之後，業主出現了，地產先生說業主住在附近。

業主是一位看上去四、五十歲的婦人，頭髮斑白，從衣着、外貌看上去，該是個勞工階層，她說她叫阿和姐。

阿和姐倒也爽快，她對我們說：「什麼時候不想租了，就早一個月通知我吧！不必一定住夠一年，手續清楚的話，我一定會把訂金退回給你們的。有事情就打電話找我，但最好是日頭打，夜裏嘛，最好別打來。」

我們很快就簽完租約，便跟阿和姐道別。

阿和姐拉着我囑咐：「鄰居問起你們是向誰租的，你們千萬別告訴他們，我就住在你們附近，街坊都認識，不想他們多說話。」

我們不解，地產先生便輕聲說：「連阿和姐的家人也不知道她買了房子，這是她用幾十年辛勤工作賺回來的私己錢買的，她不想街坊諸多揣測，以為她很富裕。」

阿和姐瞪地產先生一眼，示意他別再說下去，他才識趣地閉上嘴。

別了阿和姐，我和他快要開始我們的唐樓新生活了。

搬進去後，我真的在小露台種了很多盆栽，有些吊在欄杆的邊沿上，把這個小露台裝飾得漂漂亮亮。

有一天，當我和他在露台整理盆栽的時候，我看見對面屋有人向我們揮手。

是阿和姐。原來她就住在我們正對面的下一層，如果沒放下窗簾，她會把我們的一舉一動也看個清楚。

住在業主對面，可真沒有私隱！

阿和姐大聲叫過來：「你們住得慣嗎？」

我和他不習慣大聲叫嚷，只朝她微笑點頭。

這天以後，我們常常看到在露台晾衣服的阿和姐，但好奇怪，每次她身邊有人，無論是她的女兒或者是一個跟她差不多年紀的女人，她就不會跟我們打招呼，甚至裝作沒看見我們。

某次我在附近的銀行遇見她和女兒一起，想跟她打招呼，她卻直行直過把我當作透明人。

真令人摸不着頭腦，神秘兮兮的。

有一次，我們家的水喉壞了，我打電話給阿和姐，想請她找人來修理。

電話是她女兒接聽的，她說阿和姐不在家，問我是哪一位找她。

我想起阿和姐平日的種種避忌，所以沒有說什麼就掛線了。

第二天早上，阿和姐就打電話來，在電話裏輕聲問：「陳小姐，昨天晚上是你找我嗎？我說過不要在晚上打來的啊！你有對我女兒說什麼嗎？」

我說沒有，她才安心，電話掛線後不久，地產先生就來把我們的水喉修理好。

地產先生的謀生技能可真多，又做地產，兼營裝修，還懂修理水喉、電燈。

我問他：「為什麼阿和姐那麼害怕家人知道她是業主？」

「阿和姐呀！早年命運不好，嫁了個沒出息的男人，家裏靠女人賺錢。男人沒本事買屋住，結了婚就跟母親和老姑婆姐姐住在一起。他母親和姐姐很勢利眼，因為阿和姐生了兩個都是女兒，就刻薄她，呼呼喝喝的。後來變本加厲，男人不去工作不用説，老母親退休了，老姐也説找工作難，就讓阿和姐一個人到外面去找工作養活一家六口。阿和姐日間到寫字樓做清潔，晚上還要去倒垃圾賺錢。他們對阿和姐也夠刻薄的，常常算準她有多少收入，要她把錢全部拿出來。這間房子啊！可真是阿和姐省吃儉用幾十年，省下血汗錢買來的。她只怕讓她的婆婆、大姑奶知道了，就要來謀奪。」

聽了地產先生的話，我們內心釋然，便同情起阿和姐來。

許多次我們在露台澆水淋花，或者卿卿我我的時候，常見到在對面收衣服的阿和姐向我們笑，好像很羡慕的樣子。

我們在這幢小唐樓住了一年多，因為他要轉工，以後在荃灣上班，所以我們也要搬走了。

阿和姐來收屋，退還訂金給我們時，對我們說：「我真羨慕你們兩口子，自由自在，恩恩愛愛，圓圓滿滿的，想從前我還未結婚時，也常常想像婚後兩口子的快樂情景，但結婚後卻發覺完全不是那回事……，像你們這樣真好！羨慕歸羨慕，人生不能走回頭路啊！」

我拉着阿和姐的手對她說：「阿和姐，你是這麼勤儉不計較，一定會有好報的，你有了這間房子，不是可以靠收點租安享晚年了嗎？」

阿和姐笑說：「我也是這樣指望的啊！」

有指望的人是有福的。我們就這樣別了阿和姐，和這間有個可愛小露台的唐樓單位，但我應承她，倘若有同事想租房子，一定會介紹給她，阿和姐笑着說：「謝謝你。」

半個月後，我因為加班，在深夜十二時才離開公司。途經一條小巷時，我看見阿和姐在小巷中推着一輛滿載垃圾的木頭車。

大概車子實在重得厲害，一下子就傾側了，車上一包包黑色的垃圾袋馬上掉下來。

我連忙上前幫忙執拾，阿和姐抬頭看見我，笑說：

「是你呀！怎麼這麼晚才下班？」

我說：「這個年頭經濟不好，誰也要多工作、少花費呀！」

「就是了，我也被清潔公司尅扣了薪金，要多為幾幢大廈倒垃圾才夠生活。這年頭呀，誰也要忍耐些，希望快點捱過這艱難日子吧！」阿和姐說。

我邊為她拾起垃圾袋，邊問：「房子出租了嗎？」

阿和姐搖搖頭，卻堆滿笑臉地說：

「不租出去了，我的大女兒要結婚了，房子留給他們住，未來女婿說會每月給我五千元當租金！」

「這就好了，阿和姐你有好女兒、好女婿，就不用愁了。」我說。

「好當然是好，但我還是囑咐他們別說房子是我的，免得有人說三道四呀！說實在的，辛勞一生，幸好女兒都很生性……」

正說時，後面另有一輛較小的垃圾車從小巷深處推出來，推車的人問：「媽，你在跟誰說話？」

阿和姐說：「這是我的小女兒呀！本來不想找她幫忙，倒垃圾到底是低下的工作呀！如果給住在附近的同學碰見，會給人取笑的。但她說現在放暑假，一定要來幫我，我拗不過她，就讓她來試試吧！」

阿和姐母女忙着要把垃圾推到垃圾站，我也累極要回家。但抬頭望着母女倆推着垃圾車的背影，我心裏很感動，深深為這兩位辛勤的女性祝福呢！

八、姐姐和她的鄰居們

姐姐搬家了，問她搬到哪裏，她說：「深水埗。」

「深水埗？」我叫了出來。

姐姐一家雖不富有，但她很重視居住環境，婚後住在青衣的翠怡花園，後來搬到美孚，現在怎會搬到深水埗這龍蛇混雜的舊區？

「買了新落成的大廈單位嗎？」我問。

「不，是三十年的舊唐樓了。」

「舊樓、唐樓？」我又怪叫了出來，姐怎肯這麼委屈自己呀？

「雖然是舊樓，但很實用，面積足有一千呎呀！樓底又高，還有很多窗……」

看見姐姐一臉憧憬的樣子，我沒再問什麼了。

裝修了個多月，姐姐一家搬了進去。

新居入伙，我去探他們的時候，在深水埗兜兜轉轉了好一會才找到呢！

深水埗，在我腦海中，是一個很舊很舊的舊區，令我想起的，只有黃金商場的翻版電腦軟件，滿街的「北姑」、流鶯……還有，也聽説過那裏有一條叫荔枝角道的，街上有許多賣時裝的店舖，可以用批發價買到便宜時裝。

姐住的是福華街，出了深水埗地鐵站，還要走一段路。

走在這條福華街上，看見幾個賣雜物的檔口，還有幾間小時裝店、童裝店，聽聞從前這裏還有許多開在樓上的「山寨」製衣廠呢！現在嘛，有許多流鶯流連街上，有些是泰國、菲律賓的兼職妓女呢！

姐住的是七十七號，我沿着五十一號開始找，看到每個樓梯口都是又黑又髒的，有些街口站着幾個印巴籍男子，有些站着幾個菲籍女子。附近又有許多穿白色背心內衣、短褲的阿伯對人眼望望，把人由頭看到腳，又由腳看到頭，彷彿出入這區的女子，都是身上標着價錢牌似的。

怎辦！我那才六歲大的可愛姨甥女，和我那平常穿着艷麗的姐姐，還有她的漂亮菲傭，一個個都令人擔心。

終於找着了七十七號，望上去是漆黑的樓梯，入口處仍懸掛着幾個又破又生銹的製衣廠招牌。走進去後，看到樓梯左邊有一排信箱，都又舊又破了，但其中有一個卻是又大又新的不鏽鋼信箱，上面整齊地寫着七十七號三樓吳宅，還貼上一個十字架。噢，這一定是姐姐新造的信箱，在一堆破舊的信箱中，多麼矚目啊！

鼓起勇氣爬上三層樓梯去，經過閣樓，看見那裏掛着一個「英記製衣」的招牌，門口堆了些貨物，連樓梯也擺滿了，哎呀，阻礙通道，一旦發生火警怎辦？

二樓兩邊單位都是舊式的鐵閘、木門，一轉上三樓，景觀可完全不同了，姐把樓梯兩旁的牆壁重新髹了油漆，近門口附近鋪着典雅的瓷磚，也裝上簇新的不鏽鋼閘，裏面是有花紋的米白色手髹漆大門。

漂亮是漂亮了，但跟這幢舊樓非常不協調。

按了門鈴，姐姐開門把我迎進去。哇！門內更是不得了，足有一千呎的地方，典雅的牆紙、亮麗的楓木地板、有紋的天花牆紙，還有優雅的石膏天花線……姐把這舊唐樓單位裝修得比從前美孚新邨的房子還要華麗。

姐不無自豪地說：「雖然花了二十多萬，但一家人住得舒服，總是值得的。你沒看見這裏裝修前的樣子，真是爛屋一間！一切都要換新的，水喉、電線等全部都要換，補漏的地方也很多。」

「那為什麼選在這裏住呢？」我問。

姐說：「這裏一千呎才一百萬元，換了別的地方可要二、三百萬呢！我們賣了之前那層樓，用賺到的錢一次過買這裏的，以後也不用供款。沒有供樓的負擔，你的姐夫也就可以安心讀神學了。而且這裏地方大、樓底高，只要裝修一下，也可以住得舒舒服服呀！」

這屋子裏面確是溫馨舒服，可是外面的雜亂環境總像藏着隱憂，但看見姐姐一臉滿足，我也沒再說什麼。

兩個月後的中秋節前夕，我買了兩個花燈給姨甥女，拿到姐姐家給她，姐來開門，瞥見她一臉憔悴。

「姐，這陣子怎麼了？」我關切地問。

「唉，前陣子樓上浴室漏水，令我們的浴室、廚房也受災，樓上的住客蠻不講理，既不賠錢也不肯修理，真難搞。」姐重重地歎了口氣。

「還有啊！這幢樓的其他單位，許多是間了房間租出去的，有些更是專租給單身男子的籠屋，他們隨地吐痰啦！亂扔煙頭啦！不知是否因為妒忌我們家裝修得漂亮，總愛在我們家門口扔煙頭，有好幾次險些發生火警呢！」姐說時一臉憂心。

「還有啊！樓下的大閘壞了，樓上樓下的人又不肯拿錢出來維修，大閘關不上，閒雜人等就如入無人之境。這幢樓的住客本身已夠品流複雜的了，每回我們開門，就看到有男人從門外、樓梯處探頭向我們家偷窺似的，真受不了呀！你姐夫經常在神學院上學，我們家裏常是一屋女子……」

我聽了也着實為她擔心起來。

「那還是把樓賣出去，搬到別的地方去吧！」我嚷。

「看現在的市道，這舊唐樓怎賣得出去！賣出去也虧蝕一大半，我們怎還有錢買新的？而且你姐夫現在讀神學沒工作，經濟狀況也不穩定呢！」

「那怎辦？」看着姐，我也一籌莫展了。

「看還可以住多久就住多久吧！等兩年後你姐夫讀完神

學再算吧……」

中秋節後不久，姐被公司裁員，只好在家照顧女兒，菲傭也遣走了。她家的經濟狀況更差，也就更不容易換居所，我因為擔心他們，常打電話去問候。

姐生日那天，我送給她一個有護宅作用的水晶球。

姐說：「這個我們可用不着，謝謝你了，現在我們的情況比從前改善多了。」

「改善了？為什麼？」

「因為睦鄰關係。」

「睦鄰關係？」

姐告訴我兩個月前發生的事。

那一天，姐正好在家教小姨甥女做功課，門外突然響起急促的叩門聲。

姐開門，看見是住在樓上的太太，她急道：「我嗅到石油氣味，所以逐家叩門查看一下……」

姐也就跟那位太太一起逐家查看，幸好只是虛驚一場。

姐邀那位熱心的太太回家裏坐，那位太太見姐廳裏沒開電燈，問：「為什麼孩子做功課也不開電燈？」

「我們的習慣是五點後才開燈，不想浪費嘛……」

傾談下來，那位太太知道了姐姐一家的經濟狀況，笑道：「我們樓上樓下的鄰居們還以為你們是哪裏來的暴發戶，他們都說：『上上落落遇到你們，連招呼也不打一個！』他們認定你們是瞧不起人的呢！」

或許也是因為偏見，認定低下階層的人沒禮貌，姐也沒多跟他們打交道。

「其實別看我們都是低下階層的人，我們都懂得守望相助，鄰居關係很好。譬如說我要上街沒暇照顧孩子，鄰家的太太會自動請纓幫忙。我們有水喉、電燈壞了，樓上樓下的阿叔也會來幫忙。這種互助氣氛，比那些住在高樓大廈裏的高尚人家要好多了！」

姐聽了，說：「但他們就是不注重衛生，也不注重防火等事，這是很危險的啊！」

「對啊！他們就是讀書少，沒常識也沒禮貌。唔，讓我找一次機會約齊他們，你可以好好教他們防火、衛生呀等等！別以為他們都是粗人不可教，你只要耐心講，他們是肯聽的。」

這次之後，姐姐一家開始跟鄰居交往，姐和姐夫向他們講解多了，鄰居們開始注意衛生、防火了，也肯湊錢修理樓下的大閘。

現在，他們還商議設立大廈業主立案法團呢！姐空閒時就為鄰家孩子補習，鄰家太太教姐買餸煲湯。姐夫也常向做技工的鄰居學習修理水喉、電燈等，自己就教他們用電腦。

我聽了姐姐的話，大感安慰地說：「這樣就好了，原來好的居住環境，不是家裏裝修得如何美輪美奐，而是良好的睦鄰關係啊！」

姐笑說：「這對我和你姐夫來說，更是一個很好的傳福音機會呢！」

兩個星期之後，因為姨甥女生日，我竟有機會見到姐姐的鄰居們。

姐姐把鄰家的小朋友都請來，就這樣家裏便有十多個孩子，非常熱鬧。小姨甥女和小鄰居也相處融洽，他們還在樓梯間玩「一二三紅綠燈」呢！

姐姐捧出來一個大忌廉蛋糕，她告訴我：「蛋糕是八樓的吳太太焗的，她可是烹飪能手，常教我們這幢樓的太太們煮菜，還常常拿自己做的點心來送給我們呢！做她的鄰居可有口福了。」

吳太太是一位衣着樸素、說話帶點鄉音的女士，她笑容可掬的臉容，叫人感到親切。

接着，小姨甥女暫停了遊戲來接收禮物。鄰居太太們都為她送來了禮物，小禮物雖然不貴重，但都是用心挑的。

其中一份是一條可愛的黃色小花裙，小姨甥女一看就喜歡了，急不及待要穿上。

姐說：「這是二樓的白阿姨自己做的，白阿姨從前是車衣女工，現在退休了，閒來在家就為自己和家人做衣服。我們鄰居要改衣服、做窗簾布之類的，她也很樂意幫忙。她有很高的設計天分呢！你們看這條裙子的款式多好看！」

我們都同意姐的話，穿在小姨甥女身上的花裙好看極了。

我們正準備唱生日歌、吃蛋糕的時候，門鈴響了，姐姐把一個穿着白色勞工背心、長褲上有許多漆油漬的男子帶進來，他手上還拿着一個木梯子。

「許先生，你不是說今天有工程不來的嗎？」

「工程提早完成了，我記起太太說你家的光管壞了，趁有時間就來為你們修理。」

姐夫聽了說：「真勞煩你啊！先放下梯子，我們一齊吃完生日蛋糕、茶點之後再說吧！」

許先生放下了木梯，洗乾淨雙手，就和我們一起唱生日歌。

歌唱完了，我們準備吃東西，姐夫說：「我們先來一起禱告：神啊！我們感謝你，讓我們有一班好鄰居……」

想不到鄰居中有許多不是基督徒的，也合上眼睛，靜靜聽姐夫的禱告。

禱告完畢，姐姐一家和鄰居大大小小二十多人，一起開開心心大吃一頓。

九、漏水的唐七樓房子

七年前，我到過觀塘的月華街一次。

那時我工作的出版社有一位同事高太，高太的丈夫高先生在月華街基法小學工作，他們一家也住在基法小學裏面。有一次，下班之後高太邀請我到她家裏坐，就是那一回，我第一次來到月華街。

我對觀塘區的印象素來不好，那裏工廠大廈林立，一支支排放廢氣的煙囪，是它給我唯一的印象，還有街上常常擠滿人，人車爭路；區裏又沒有大型購物商場……總之，它就不是一個居住的好地方啦！

誰知道，在那次去過月華街之後，我發現原來觀塘區也有一個這麼寧靜的地方：一幢幢排列整齊有致的樓房，密度不高，滿街種滿綠樹，這些住宅，就跟太子道西的貴價樓的外觀差不多，只是位處不同區域吧！

月華街靜中帶旺，只要走下一條長樓梯，就到達觀塘地鐵站，沿着斜路往另一方向走，就到達什麼貨品都有的市集，它其實比九龍塘、太子道西還要方便。

去過一次之後，我對它念念不忘，所以，在我和文德決定找新婚居所的時候，我就第一時間想到它。我當然最想住在太子道西，但現在還沒有能力買那邊的樓房，所以退而求其次，我們想到月華街。

誰知道雖然樓價大幅下跌，月華街上較大面積的樓房也要過百萬，我和文德左商右量，向地產代理多番探問，才知道在月華街上有一幢唯一沒有電梯的唐樓，名叫「泰康樓」，這幢樓的價格是整條街最便宜的了。

其中，又以高層的樓價較便宜，因為要走很多層樓梯嘛！看了多次之後，我們選中了七樓的一間四百方呎小房子，才索價七十萬元，這是在我們預算中的。

我們用六十五萬買了這房子。房子本是一位老太太住的，因為要入住老人院，所以把房子賣了。由於很久也沒重新裝修，房子裏全是舊式裝修：鐵窗、生鐵閘，還有，四壁牆圍上了木板，這真是二十年前的舊式裝修啊！

裏面有兩個房間一個大廳，我們打算把房子好好裝修一番。換上鋁窗、不鏽鋼鐵閘，還有，拆去牆壁上的木板再髹乳膠漆，更要拆去其中一個房間，讓空間多一點，我們只有兩個人住，保留一個房間就夠了。

在我們落了訂金，於收樓前再去看一次房子時，老太太正在廚房裏煲湯。

我走進廚房裏跟她寒暄幾句之後，竟發覺有一兩滴水從天花板上滴下來。我抬頭一看，哇！天花板上布滿水漬呢！

我和文德立即四處查看，發現洗手間的天花板上也有水漬，我們買了一幢漏水的房子！

和律師幾經交涉後，我們也不忍心太為難老太太，最後協議是用樓價中的幾千元，來找防漏師傅維修。

收樓之後，找來的裝修師傅保證會在天花板髹上防漏油，它不會再漏水的了。

搬進來之後，我們看到裝修得美輪美奐的家居，心裏想，這該是我們安居樂業的地方了。

搬來的時候正值雨季開始，在入伙兩個月後的某一天，我們在大雨滂沱中回家，竟赫然發現房間裏滿地積水，天花板上更像瀑布一樣有水瀉下來！

這房子漏水的情況一點沒有改善，我們追究無門，兩人坐在地上看着房間發呆，我們已沒錢再維修房子了，怎麼辦呢？

苦思無計之下，我們只得到樓上樓下找鄰居商量。往樓上拍門沒人應，往樓下拍門，開門給我們的是一位中年太太。

她引我們進屋，也讓我們看她的漏水房間，她對我們說：

「自從你們家樓上那一戶大裝修之後，這裏就開始漏水了，說不定是廚房、洗手間的去水位改動過，裝修師傅的工夫又做得不好，便累及我們這兩戶的房間漏水。我不識字又不懂英文，不懂得怎樣投訴，你們年輕又識字的，該懂得怎樣去追究吧！」

我們聽得氣憤難平，又到上一層單位拍門，還是沒人應。這一夜，我們氣得睡不合眼。第二天一早，我們兩個又走到樓上拍門。

一個睡眼惺忪的男人走來開門，聽了我們的投訴，一臉不耐煩的讓我們進去，給我們看他的房間。

他説：「你看，我們房子的漏水情況比你更嚴重啊！我們住的這幢舊樓已經有三十年歷史了，因為日久失修，到處都漏水。」

這時，他的太太從房間裏出來，很不友善地對我們説：「你們來追究我們，我們又去追究誰呢？你們別來誣賴我們，你們的房子漏水，跟我們一點關係也沒有，你要是有證據就去告我們吧！」

我們如鬥敗的公雞似的從他們家裏退出來，我們的確沒證據，但看見他們那盛氣凌人的樣子，我認為他們一定是罪魁禍首。

翌日，我特地請假到食環署、屋宇署、區議員辦事處去投訴。不久，幾個部門也派人來查察。其中，食環署的人對我説：「沒有證據顯示是樓上的排污喉漏水，也許是樓宇外牆漏水所致，其實你只要留意一下，是否下雨的時候才有漏水的情況，就可以知道真相了。」

隨後幾天天色放晴，房間漏水的情況真的停止了，原來真的是外牆漏水，於是我們走到管理處投訴，管理員説：

「要等全幢大廈維修外牆才可解決啊！但全幢大廈的維修，最快也是一年半載後的事啊！」

我們真的沒辦法了，兩個人愁對漏水房。自從房間漏水之後，我們都把牀鋪搬到大廳打地鋪，這是沒辦法之中的辦法了。

一天，文德下班之後，從辦公室裏拿回來一棵小植物，他把小植物放進漏水的房間裏，澆了點水之後，對我說：「這房間濕氣重，又有陽光照射進來，說不定比我的辦公室更適合種植物呢！」

幾天之後，想不到這棵垂死的植物，在這房間裏竟茁壯成長起來，後來還長出了小白花。文德看見小花，開心得不得了，喜歡植物的他，便在星期天到太子的花墟買來了許多花盆和辣椒的種子，他竟把這漏水的房間變做溫室，種起七、八盆盆栽來。

三個月之後，我們看着茁壯成長、欣欣向榮的植物，不再發愁了，文德對我說：

「任何改變不了的事情，也可以用另一種心情去從容面對的。一個漏水房間，想不到可以變成種花種草的溫室。我們不再為它漏水而煩惱之後，就可以好好想到怎樣善用它。任何事情，用積極的態度去面對，總會想到面對的辦法的。」

我笑説：「你當然積極啦！你喜歡植物嘛！」

「我想到了，我們還可以在裏面養魚，你可以養你心愛的小巴西龜！」他提議。

「你不是要把這房間變成熱帶雨林吧！」我説。

文德擁着我，我們愜意的笑着。

這天之後，我真的在房間裏養了三隻巴西龜。

因為心情好轉了，我們對樓上夫婦的態度也改變了。從前，因着他們前次跋扈的態度，每次在樓梯裏遇上他們，也感到他們面目可憎，所以連招呼也懶得跟他們打一個。現在心情開朗了，遇上他們，會向他們點點頭，他們也會尷尷尬尬地回我們一聲：「你好！」

日子久了，我們碰面時會説句：「早晨！」「下班啦？」「吃過飯沒有？」然後開始攀談一兩句。我們發覺，其實我們是可以做樓上樓下的好鄰居的。

在雨季完結前的一個月，樓上的先生、太太來拍我們的門，開門後，看見他們拿着一個個漆油罐。

樓上的先生對我們說：

「我們發現了一種效果很好的防漏漆油，塗在天花板上就不易漏水，所以拿來給你們試用！」

我們把他們迎進來，開始交換我們的防漏心得，文德說：

「不止天花板，我們的地板也會滲水，這可能是外牆破損的緣故吧！我嘗試過用玻璃膠去塗就近外牆的地板邊沿，發覺滲水的情況也改善了。我們這裏還有一支玻璃膠，你們也拿回去試試吧！」

我們談得興高采烈，才發覺我們四人原來可以這麼投契，談了好一陣，他們要告辭了，我把他們送到門口，對他們說：「有空多來坐啊！」

這時，文德從大廳裏跑出來，嚷：

「你們別急着回去，你們還沒參觀我們的熱帶雨林呢！」

「熱帶雨林？」他們夫婦倆面面相覷，為這名詞好生奇怪。

文德把他們迎到那房間門口，打開房門，他們「哇！」的叫了起來。

看見裏面種了花、養了魚和小龜，他們都看得傻了眼，還是作丈夫的先回復正常。

「我們把漏水的房間荒廢了，由它空着，想不到原來可以利用它來種花、養魚。」

太太說：「這些花很漂亮啊！在哪裏可以買到種子？」

「不用買了，我們這裏還有，你們拿回去種吧！」我說。

再送他們出門口的時候，文德對他倆說：

「下一次，該輪到我們去參觀你家的熱帶雨林了。」

他們笑說：「一言為定，說不定，我們會在房間裏養蜥蜴、養鱷魚呢！」

十、墳場旁邊的樓梯

記不起這是我第幾次搬家了。

報章上的小廣告是這樣寫的：

「聯合道獨立單位平租四千元。」

不知道聯合道在哪兒，但獨立單位月租四千元，很吸引人。

依着廣告的電話打去，聽電話的是一個男人。

「我在聯合道十八號樓下等你，帶你去看那單位，今晚七點半吧！」

「但我不知道聯合道在哪裏。」

「很容易找的，你從樂富地鐵站出來，問人聯合道往哪裏走就行了。」

這一晚，我就準時六點半下班，由荔枝角地鐵站乘車到樂富地鐵站。

出了地鐵站，據路人指示，乘扶手電梯上兩層，穿過吉之島百貨公司，再經過一個大公園，抬頭看見一排排舊樓，那裏就是聯合道了。

我又問了兩個人，才找到聯合道十八號。這裏的樓宇很舊，都是些舊式沒電梯的唐樓，但外觀看上去還算整潔。

屋主胡先生和我年紀相若，他說房子是父母資助他買來結婚用的，但他還未打算結婚，所以先把房子租出去，賺點租金。

我要看的房子並不在十八號樓上，他帶我穿過一個大牌檔，大牌檔裏坐的都是沒穿上衣的粗獷男人，我從他們身邊走過，他們紛紛向我投以注目禮，令人渾身不自在。然後，經過一條長長的黑巷，才到達四十七號，胡先生的房子就在四十七號樓上。

他對我說：「本來可以從後面繞過去的，那裏有另一個入口，那就不用繞過大牌檔和黑巷了，只是我約了你在十八號等，走這個入口比較快。你看完房子之後，我們可以從另一個入口下來，那你就可以看看那邊的環境了。」

我跟他走了五層樓梯，開始有點兒氣喘，還好樓梯間的燈並不幽暗。這是一幢小型唐樓，一梯只有兩伙，每伙單位的面積該不會很大。

胡先生又說：「再上一層就是了，我帶你看的單位就在六樓。這兒是『新唐樓』，所謂新唐樓，就是從前的唐樓太舊了，業主把它拆掉，在原地重建，有些更是原本一幢唐樓的業權分成兩三份，所以建新樓時可能分成三四幢，每一幢的面積也很小。好像這幢樓，一梯兩伙，每個單位只有二、三百呎。」

他走到四十七號六樓停下來，開門讓我進去。

燈按亮，我看見小單位內的實用面積只有二百多呎，一房一廳，房間小得只夠放一張三呎乘六呎的牀，洗手間也只有三乘三呎丁方，廚房在洗手間外面，實際上只是一個可放小石油氣爐的灶位，胡先生說：「這叫開放式廚房。」

房子雖然小，但整潔，我一個人住準夠用的，但對於我這個每月只有七千元收入的人來說，四千元租金還是貴了些。

我對他說：「三千五吧！我收入微薄啊！」

他勉為其難地點頭。

我續說：「還有，我只能付一個月的按金。」

他反應很大：「行規是兩個月的啊！我自己是業主，你已可省回一筆地產代理佣金……」

「但這裏入口漆黑，地方又小，且沒有家具、電器，我還得添置許多東西……」我鼓其如簧之舌。

「好吧好吧！你今天能付訂金嗎？」

「先付一千元吧！」

「先付二千元吧！你給了訂金，我明天再接到別人的查詢電話的話，就不再帶人來看了。」

因為我身上只有一千元，他說跟我到地鐵站的提款機提款。

下樓時，已經約莫八、九點，天色已黑齊了，他帶我從小唐樓的另一個閘口出去，這出口雖是繞遠一點才到大街，但不用經過大牌檔和黑巷，感覺好多了。

付了訂金給他，他問：「幾時搬來？」

我說：「愈快愈好！」

他說：「那明晚你帶一個月按金、一個月上期租金來吧！」

第二晚，他在房子裏等我，我自己上去交款給他。這次我嘗試從後面的入口進去。繞到小唐樓後面時，因為今天天色還亮，我赫然看見小唐樓後面不足四、五十呎遠的小山坡上，竟有許多墓碑，這後面竟然是一個墳場！

我嚇得拔足狂奔，奔上六樓狂按門鈴，胡先生出來開門，我朝他劈頭大嚷：

「這裏後面是墳場！」

他淡淡地回應：「原來你不知道！這裏有墳場，附近的人都知道的啦！這房子的三面窗也看不見墳地，你不用害怕啊！」

「但墳場就像貼近在背面，很近的呀！」

「這也是沒辦法的，而且你已付了按金，不能退回的了。」

我有點憤怒，也有點無奈，我只有這幾千塊，實在沒能力再用餘錢找另一間房子。

「這樣吧！三千塊租給你可以了吧！租金加按金只需六千元，你昨天付了二千元，今天再付四千元就可以了。」

我無奈地再付四千元給他，他點算了錢，滿意地離開了。

我頹然坐在地上，其實，此刻對我來說，墳場、鬼魅也沒什麼了。我放下手中載着八罐啤酒的袋子，今夜我要在這裏過了，雖然這裏沒有牀、沒有被鋪，但對一個醉倒的人來說，睡哪裏都是一樣的。

其實我從前住的地方租約還未滿，只是 Jason 還有那裏的鑰匙，雖然明知道他已不會回來，但我不想自己再聽到一點像鑰匙聲就衝過去開門，然後是無盡的失望和失落。

在這裏，我不會再為等他而苦困。

空肚喝下四罐啤酒，我開始失控地大叫大嚷，然後禁不住拿起電話來打給他。聽到他的聲音，我迷迷糊糊的不知說了些什麼，然後，我就睏極睡了。

第二天醒來，我告訴自己，昨天的一切已告一段落，隨着搬了新居，我要拋開過去的傷痛，不會再幹傻事。

我到舊居收拾了一些行李，找來小貨車為我搬家。搬妥當了，再到吉之島添置些新家具。

選中了一個小書架，售貨員説安裝送貨要加一百元，如果自己帶未裝嵌的回去，只需付書架價錢，即三百元。

我為了省錢，只好自己拿回去安裝，但當提起這一大盒東西時，我才知道自己壓根兒拿不動。

我打電話給同事阿 Roy 請他幫忙，他在電話那頭説：「十分鐘後到！」

Roy 就住在黃大仙，他果然在十分鐘後就到了。他幫我把這一大盒東西辛辛苦苦地搬上六層樓梯，我答應請他吃晚飯，他順道把這小書架安裝好了。

跟他吃完晚飯，天色已齊黑了，他説：「你家樓下危險，我送你回去吧！」

黑漆中路過那小墳場時，雖然有人陪伴，但我還是機伶伶的打了個寒噤。Roy 送了我上六樓，喘着氣問我：「可以進去坐一會嗎？」

坐在地上，我們喝着昨晚剩下的啤酒，幾口喝下去，一陣空虛感襲上來。

Roy 附在我耳邊問：「今晚我可以留下來嗎？」

我的神智不清，但理智還在，我説：「可以，但是你睡這裏，我回房裏睡。」

説完，我奔進房間裏大力關上門，不理他叩了多少次門，我也沒理會，最後，聽到他開門離去了。

星期一回到辦公室，Roy 沒理睬我，他在背後説我「過橋抽板」、最懂利用人。

接着的一星期，我還是驅不去對新居的陌生感和對樓下小墳場的恐懼，我儘量早點回家，但回到家裏，仍是感到空虛和害怕。

星期六，我約了從前的男朋友 Jonathan 吃飯，吃完飯之後，我懇求他送我回家。

有他陪伴，我安心多了。他進了我家坐下之後，對我説：「你一個女孩子住在這裏不害怕嗎？」

我說:「害怕啊!每次路過下面的小墳場就怕得要死。」

我把Roy送我回家後要求留下來的事情告訴他,他說:「立了歪心的男孩子比墳場、鬼魅都要可怕呀!我看你還是搬到別的地方去,或者找個室友來陪你住吧!我有幾個女同事也想搬出來住,我幫你問問她們好嗎?」

我點點頭,對於他的關懷,我感動得說不出話來。

他看看錶,說:「時間不早,我要走了,你一個人留在這裏會害怕嗎?但我相信你可以勇敢面對的,其實鬼魅並不可怕,軟弱和易受誘惑的內心更可怕哩!我知道你一定可以堅持下去的。」

我送他到門口,他除下頸上戴着的十字架項鍊給我,說:「這個留下來陪你。」

我說:「謝謝。」

關上門,我靠在門上想:我知道自己還要獨自面對許多個空虛、軟弱的晚上,但我不會再逃避或倚賴別人。然後,在我從失戀中復原之後,我會快快樂樂地找一個開朗的室友,開始充滿陽光、笑臉的新生活。

第四部分寫作建議

寫作題目一：

在〈女人街上自力更生〉中的主角，因為得到鄰居威哥的幫助，才可以自力更生。常言道：「遠親不如近鄰。」在現今的社會中，你是否同意這句話？試談談你的看法。

寫作題目二：

在〈門前亮着電燈那一戶〉的故事中，主角住的大廈因為有許多「小姐」搬來而變得品流複雜。她因為媽媽説：「生活中有很多事情是需要忍耐和體諒的。」而保持沉默。她看到街坊天哥光顧那些小姐，想告訴天嫂，又因為媽媽説：「寧教人打仔，莫教人分妻。」而選擇沉默。你認同這種處世態度嗎？

2014 年香港中學文憑試的其中一個寫作題目是「必要的沉默」，試以此為題寫作文章。

寫作題目三：

在〈唐樓書店的友情歲月〉中，記錄了主角年輕時代與朋友一起成長的經歷。在現實生活中，在我們跌跌碰碰、有笑有淚的成長路上都有家人、朋友、師長、同學等的陪伴，試以「成長的足印」為題，就個人體會寫作文章。

寫作題目四：

有人認為富裕的物質生活是快樂的必須基礎，但〈天台木屋的四位女性〉的主角卻指出：「富與貴是人之所欲也，不以其道得之，不處也；貧與賤是人之所惡也，不以其道得之，不去也。」她認為富裕的物質生活並不是她最重要的選擇。這兩種看法，你比較認同哪一種？請撰文談談你對「富裕的物質生活是快樂的必須基礎」的看法。

寫作題目五：

在〈姐姐和她的鄰居們〉中，主角的姐姐因為鄰居令居住環境變差而憤怒；在〈漏水的唐七樓房子〉中，主角因為屋宇維修不善令房子到處漏水而憤怒；在〈墳場旁邊的樓梯〉中，主角因為租屋時被業主隱瞞房子在墳場旁邊而憤怒。

試以「談憤怒」為題寫作文章，談談你對憤怒的看法。